夜警

赤川次郎

双葉文庫

目次

夜警

1　少女

それは夢の中だけの出来事だったのだろうか。

夢にしては、あまりにその少女の肌のつややかさ、瞳の深い闇、身にまとったドレスの布地の感触までもが鮮やかに思い出されたが……。

しかし、夢に違いない。そうでなければ、あんなことが起るわけはない。

あそこはただの〈広場〉で、そのどこにも人を呑み込むような穴などありはしないのだから。それは確かだ。

ともかく、自分ほどそのことをよく分っている人間はいないだろうから……。

——栄《さかえ》田《だ》雄一郎《ゆういちろう》は今も中途半端なまどろみの中にいた。

そう。こんなときに妙な夢を見たりするのだ。もちろん、勤務中に居眠りをして夢を見ることは決してない。

栄田は至って優秀な夜警だった。

電話が鳴る。

半分目が覚めている状態で、栄田はその音が自分のケータイのものだと認識していた。

しかし、着信音で誰からかかっているかを判別するところまでは面倒でセットしていない。それでも、こんな時間にかけて来る人間は大体限られている。栄田の生活をよく知っている人間に違いない。

ベッドから手をのばして、ケータイを取る。

「――はい」

と、できるだけはっきりした声を出したつもりだが、

「まだ寝てたのね」

と、相手はおかしそうに笑った。

どうやら、充分に舌が回っていないらしい。

「今起きたところさ」

と、言いわけをして、「おはよう」

「もう日暮れよ」

と、加藤恵美《かとうえみ》の明るい声が言った。「今日は夜の会議がなくなったの。食事、できない？」

「いいよ。何時にする？」

と言っておいて、今が何時なのか分っていないことに気付く。

「今起きたんでしょ？」

「ああ。――今、六時か」

「もう少しでね」

「じゃあ……七時？」

「ええ。いいわ。この間のパスタのお店、入れるかしら？」

「大丈夫さ。任せといてくれ」

「じゃ、楽しみにしてるわ」

加藤恵美はそう言って、電話を切りそうにした。

「ね、待って。どこで待ち合せるんだ？」

「あ、忘れてたわ」

と、恵美はカラッとした声で笑った。「あの〈広場〉？」

「うーん……。今日は週末だろ。凄い人出だと思う。じゃ、地下鉄からエスカレーターで上った辺りにいるよ。見付からなかったら、ケータイにかけて」

「分ったわ。じゃ、後で」

「うん」

話している内に、栄田も大分目が覚めてきた。ベッドから這い出し、身仕度して出かければ、ちょうどいい時間に〈Kヒルズ〉へ着くだろう……。

栄田は大欠伸《あくび》した。

——昼はどこへ行った？

十一月に入ると、日が短くなるので、栄田が目覚めるころは既に暗くなりかけている。

昼の間、遮光カーテンをきっちり引いて寝ているので、結局栄田にとっては一日中が「暗い」のである。

顔を洗い、やっとすっきりする。

電話を見ると、留守電のランプが点滅している。

再生ボタンを押すと、母親の声がした。

「まだ寝てるの？　この間手紙を出したけど読んだ？　妹のことなんだから、少しは心配しなさいよ」

何だっけ？　――栄田は、母親から確かに手紙らしいものが来ていたことを思い出したが、まだ封を切っていない。

妹のこと？　また「東京へ行きたい」病が始まったのかな。

妹の恭子《きょうこ》は今二十四歳だ。小さな地方都市でのOL暮しが退屈なのは分らなくもない。

これまでも、恭子は高校へ入るとき、卒業のとき、短大を出たとき――それぞれに、

「東京へ行かせて！」

と、母親へ必死で訴えていた。

しかし、栄田には東京の大学へ行かせた母、加代子《かよこ》も、こと娘のこととなると、

「東京は危い！」

と、「分らず屋」になる。

渋々地元の小さな会社に勤めた恭子だが、機会さえあれば東京へ出ようと狙っているのだ。

二十四といえば、もう子供ではない。放っとけば、とも思うが、もし恭子が東京へ出て来

たら、まず兄のアパートへ転り込んでくるのは目に見えているから、そうも言えないのである……。

ともかく、今は恵美との待ち合せだ。母の手紙は後回しにして、栄田は手早くひげを当り、髪をとかした。

二十八歳にしては、少し髪に白いものが混っているのが気になるが、やはり普通でない暮しをしているせいもあるのだろうか。

しかし、栄田雄一郎自身は、今の仕事にも生活にもそう不満はなかった。

形はどうあれ、今東京でも最先端の「街」、広大な敷地に、オフィス、住居棟から、百を超えるショップ、レストランなどを抱える都市空間、〈Kヒルズ〉で働いているという思いは、やはり気分のいいものだった。

たとえ「夜警」という仕事であっても……。

「――行くか」

一応自分でも満足できる仕上り。

むろん、〈Kヒルズ〉の住居は賃貸では月百万近い家賃である。夜警の給料で住めはしない。

栄田のアパートは、それでも見たところ小ぎれいなマンションという作りで、職場まで二十分ほどで行く。

部屋を出て、しっかり鍵をかける。

「夜警が泥棒に入られると、シャレにならねえもんな」

栄田は足早に階段を下りて行った。


「夢だったのかな」

と、栄田は呟いた。

「――え？」

恵美が訊《き》き返すまでに、少し間《ま》があったのは、寄り添っているベッドの中で、まどろんでいたからである。

「どうかした？」

と、栄田は訊いた。

「どうって……。あなたが今言ったのよ。夢がどうしたとかって」

「そうか。――ごめん」

栄田は、暗い天井を見上げていた。「いつの間にか口に出してたんだ」

「何なの？」

「いや……。ゆうべね、ちょっとふしぎなことがあってさ」

栄田は深く息をつくと、「大したことじゃないんだ」

「言い出しといて、それはないでしょ」

好奇心の強い恵美としては、忘れてしまうわけにはいかなかった。「聞かせてよ」

――食事をすませて、まだ栄田の「勤務時間」まで二時間以上あった。

恵美の方から誘うように、近くのホテルで愛を交わした。――会えばいつも、というわけではない。

恵美も、栄田ほどではないにせよ、「普通のOL」とは違う生活をしているのだ。

加藤恵美は、栄田の一つ年下、二十七歳。――小さな編集プロダクションに勤めている。

編集プロダクションは、女性誌やファッション誌などの特定のページを、いわば「下請け」で作っている。

同業者は山ほどいて、いつも厳しい競争にさらされている。下請けの悲哀は、どの業界も同じだ。

恵美のいるプロダクションも、入社当時は二十人ほどの社員がいたが、今は七人しかいない。生き残っている恵美は、それだけの才能があったということだろう。

その代り、出勤は夕方だったり朝六時だったり、帰りも明け方ということが珍しくない。

今日は夕食の後、オフィスへ戻らなくていい、珍しい日なのだ。

一時間ほどだが、ほとんどひと月ぶりに思い切り栄田を抱きしめた……。

「――ゆうべ、巡回してたんだ」

と、栄田は言った。「午前三時ころだった。――静かで、本当に全部が休んでる時刻だよ」

午前三時。

栄田はこの時刻の巡回が好きだった。

〈Kヒルズ〉の店も、さすがにこの時刻、開いている所はない。〈Kヒルズ〉内にはコンビニがないので、二十四時間開く店はなかった。

遅くまで開いているのは、午前一時までのイタリアンと、午前二時までのクラブ。

そこも、もう今、人影がない。

栄田は、三階分ぶち抜きのエスカレーターで、〈広場〉へと上って行った。

吹抜けの天井は、およそ二十階分の高さがある。

〈広場〉は通称で、正式には〈パルテノン〉という名が付いている。

どこが神殿だ？　――栄田は、何でもカタカナ名前をつけたがる今の店のオーナーたちに苦笑する。

〈広場〉は、この〈Kヒルズ〉を構成する三つの大きなビルの共有スペースであり、連結部分でもある。

オフィス棟は一番早く閉り、今は明りも消えている。

住居棟は、ほとんど眠ることがない。――一体何の仕事をしているのか、午前二時、三時でも、帰宅したり、出かけて行く人もいるのだ。

そして、レストラン、ショップの入った棟は、一番大きく、広い。――無人にはなっているが、明りがついているので、栄田は眺めていて楽しい。

上って来たエスカレーターの電源を落とすと、栄田は〈広場〉をゆっくりと横切って行った。

――夜警の巡回ルートは一応決っているのだが、実際のところ、歩いている夜警当人に任されている。

ただ、下手をすると夜警といえども迷子になる。――それほど、〈Kヒルズ〉は複雑に、迷路のように作られている。

栄田は、この〈Kヒルズ〉のオープンのときから夜警をやっていて、さすがに今自分がどこにいるか分らないということはない。

しかし、栄田が教えた新人は、たいてい、二、三度はケータイで電話して来て、

「今、どこにいるんでしょう?」

と、情ない声を出したものだ。

〈広場〉を、住居棟の方へ向っていた栄田は、ふと声らしいものを聞いて足を止めた。

女の声?――それも少女の声のようだ。

振り返った栄田の目に、エスカレーターの所に立った少女が見えた。

何だろう?
六、七歳にしか見えないその少女は、可愛《かわい》いフリルのついたワンピースを着ていた。
「行ってらっしゃい」

と、その少女は言って、手を振った。

――何だって?

栄田は、驚くよりも当惑した。

ともかく、それは「あるはずのないこと」だったのである。

午前三時に、この〈Kヒルズ〉の中央の〈広場〉に、小さな女の子が立っているということ。それは起り得ないことだった。

住居棟は当然二十四時間、いつでも出入りできるが、この〈広場〉との連絡口は午前〇時に閉じられ、住居棟へは外側からしか入れない。

それでもなお、今栄田の目の前に女の子が立っていて、手を振り、

「行ってらっしゃい」

と言ったことは現実だった。

ともかく、放ってはおけない。ショップ・レストラン棟にいて、何かの理由で取り残されてしまったのだろう。

トイレに入っていて、気付かれなかったのか。——一応、〈広場〉への連絡口を閉めるときには、必ずトイレに誰か残っていないか確認する。

まあ、見落とすということも、ないではない。——栄田の役目ではなかったが。

「君——」

と、栄田はやっと気を取り直して呼びかけた。

だが、その瞬間、少女はパッと栄田に背を向けると、停止しているエスカレーターをカタカタと靴音をたてて駆け下りて行った。

「——待ちなさい！」

と、栄田は大きな声で言った。

静かな二十階分の吹抜けに、その声は長く反響した。

少女の姿は栄田の視野から消えて、ただエスカレーターを駆け下りる靴音が聞こえた。

「おい！　だめだ！　止って！」

栄田はやっと駆け出した。

少女は、その年齢から考えるとびっくりするほど敏捷《びんしょう》だった。

三階分を一気に上り下りするエスカレーターは、かなりの長さである。

栄田がエスカレーターを駆け下り始めたとき、少女はすでにほとんど下まで下り切っていたのだ。

栄田はあわてた。

「ねえ、君！　待ってくれよ！」

これでもし少女を見失いでもしたら、捜し出すのは容易でない。

やっとの思いで下まで下り切った栄田は、少女が少し先で立ち止って振り返っているのを見て、ホッとした。

「そこにいて！　動いちゃいけないよ！」

と、息を弾ませつつ言うと、少女はまた手を振って、

「行ってらっしゃい」

と言った。

そして、また栄田の方へ背を向けて駆け出したのである。

「行っちゃだめだ！」

栄田は少女を追って走り出した。

平らなフロアで、しかも相手は小さな女の子だ。追いつくのはたやすいはずだった。

少女がエスカレーターの裏側へと駆け込む。

あそこからは廊下に出られない。

栄田は足どりを緩めて、

「出ておいで。――隠れんぼするには、時間が遅いよ」

と、呼びかけた。

エスカレーターの裏側は照明が落ちてしまっていて、薄暗い。栄田は腰のベルトから細身のライトを抜いて点灯し、その暗がりへと向けた。

「――どこだい？　出ておいで。叱ったりしないから」

だが――こんなことがあるだろうか？

どこへも出られないはずの、その暗がりを隅々まで照らしても、あの少女の姿はどこにもなかったのだ。

「馬鹿な！」

ともかく、どこに隠れたにせよ、あの女の子は間違いなくここにいたのだ。

栄田は胸ポケットから業務用のケータイを取り出した。

「――もしもし、栄田です」

「ご苦労さん」

なじみの声が返ってくる。

この〈Kヒルズ〉全体を見ている〈警備室〉である。栄田のように巡回する夜警ではないが、何十台ものTVモニターで、〈Kヒルズ〉全体を監視している。

「山神《やまがみ》さん、今見てましたか?」

「え? ――何かあったのか」

栄田は、声の調子で山神が居眠りしていたのだと察した。以前は警官だったという山神だが、もう六十に近い。夜間の勤務ではちょくちょく居眠りしていることを、栄田は知っていた。

「女の子がいたんです。〈広場〉に」

返事が返ってくるのに、少し間があった。

「――そりゃえらいことだな」

山神もやっと目が覚めたようだ。「女の子って、いくつぐらいだ?」

「六つか七つか。僕も子供の年齢《とし》はよく分りませんけどね」

「じゃあ本当に子供だな。今、どこだ?」

「〈広場〉からエスカレーターを下りたんです。追いかけて来たんですが、姿が見えなくなって……。どれかのモニターに映ってませんか?」

「ああ……。待ってくれよ」

ガタガタと椅子の動く音がした。「——今は何も動くものは見えないな」

「変だな。——僕は見えてますか?」

栄田は、エスカレーターの裏側から出て、監視カメラの方へ手を振った。

「ああ、見えるよ」

と、山神が言った。「その近くのカメラにも、何も映ってないな」

「でも、確かにいたんです。声も聞いたし。——この辺を捜してみますが、山神さんもモニターに気を付けてて下さい」

「ああ。何か見えたら連絡する」

「よろしく」

栄田は通話を切って、ケータイをポケットに戻した。「——やれやれ」

見てしまった以上、捜さなくてはならない。

あの少女が、万一どこか危い場所へ入り込んでけがでもしたら、栄田が責任を問われるだろう。

「おい、隠れてないで、出て来てくれよ!」

と、栄田はロビーに響く声で言った。「ね、叱ったりしないからさ! ——どこにいるんだい?」

栄田は、もしかすると少女がこっそりと自分をやり過して、また〈広場〉の方へ行ったのかもしれないと思い、一旦エスカレーターに戻った。

キーを差し込んで電源を入れると、エスカレーターが音をたてて動き出す。

栄田は上りのエスカレーターで〈広場〉へと上って行った。

広いガラス張りの壁面に、向いの棟が映っている。

「山神さんも捜してくれりゃいいのに……」

と、ついグチが出る。

きちんとモニターを見ててくれるだろうか？　いや、大方また居眠りしているのだろう。文句は言いたくないが……。

長いエスカレーターで、〈広場〉へ着こうとしたときだった。

「行ってらっしゃい」

少女の声が響いた。

驚いて振り向くと、エスカレーターの一番下、上り口の所に、あの少女が立って、栄田の方へ手を振っていたのである……。

2　にぎわい

「じゃ、その子はこの辺に立ってたのね？」

　と、加藤恵美は言った。

「うん」

　栄田は肯いたものの、今、大勢の人が——大部分は若い女性たちだが——行き交っている明るい〈広場〉に立っていると、ゆうべの出来事がすべて夢だったようにも思えてくるのだった。

「で、このエスカレーターで下へ」

　恵美が下りのエスカレーターに乗ったので、栄田も急いで後を追った。

　ショップ・レストラン棟から、BGMが流れて来る。〈広場〉そのものは音楽など流していない。吹抜けの作りに反響しすぎて、やかましくなってしまうのだ。

「——十時過ぎね」

　エスカレーターに乗って、恵美は腕時計を見た。「もうレストランも閉るでしょ？　ずいぶん人が出てるわね」

「ここのレストランは、ほとんど十一時まで開いてる。事実上、十一時半にならないと閉められないから、今から入っても間に合うのさ。もっと遅くまで開いてる店もあるし」

「夜ふかしね、都会の人は」

と、恵美は言って、「人のことは言えないか」

と笑った。

エスカレーターを下り切って、ロビーを見回す。

「――あの辺に女の子は立ってた」

と、栄田は指さした。「そして、このエスカレーターの裏側へ、潜り込むように駆け込んだんだ」

――今はそこも充分に明るい。

「ここ?」

「うん。分るだろ? どこも隠れる所なんかない。どこへも行けないはずなんだ。それなのに、姿が消えた」

恵美は名探偵よろしく、腕組みして周囲を見回した。

「確かに、どこへも行きようがないわね」

「そうだろう?」

恵美は、ちょっと小首をかしげて栄田を見ると、

「あなた、夢でも見たんじゃないの?」

と言った。

「おい。――いくら何でも夢見ながらエスカレーターを駆け下りたりすると思うかい？」

と、栄田が言い返したとき、ケータイが鳴った。「ごめん。――もしもし」

「栄田君か？　山神だけど」

「ああ、ゆうべはどうも」

「今、もう〈Kヒルズ〉かね」

「そうです。まだ仕事時間じゃありませんが。山神さん、今夜は当直じゃないんでしょ」

「うん。この年齢《とし》じゃ、二日続けてはできんよ」

山神と栄田は、全く立場が違う。

山神はこの〈Kヒルズ〉の管理会社に雇われている。だから、社員も多く、夜間の当直も交替である。

栄田は〈Kヒルズ〉から依頼を受けた外部の警備会社の社員だ。――夜警として毎晩ここを回る。

他に二人、一緒のチームだが、二人とも〈Kヒルズ〉の外側の警備である。ただ、栄田が休みの日などは、他の者が中を巡回している。

「それで、ゆうべの女の子のことだがね」

と、山神が何だか内緒めかした声を出した。「もう報告したのかね」

「これからです。ただ、今日、気になって、昼ごろに問い合せました。迷子の届とか出てないかと思って。何も出ていませんでした」

「そうか。――それなら、何も言う必要はないんじゃないか?」

「でも、山神さん――」

「いや、もし調査でも入ると、俺の方にも色々訊いてくるだろうと思ってね。面倒じゃないか」

「それはそうですけど……。一応報告しないわけにはいきませんよ。後で分ったときに……」

「分りゃしないさ。なあ、結局見付からなかったんだ。うまくないだろう」

「ええ、それはまあ……」

「じゃ、黙ってよう。な?」

山神は怖がっているのだ。六十の停年まであと二年足らず。こんなことで、もし『居眠りしていた』ことが知れ、クビになったら、とびくびくしている。

その気持が、電話でもはっきり伝わって来た。

「――分りました」

と、栄田は言った。「ただ、万一何かそれらしいことが発覚したら、すぐ報告します。山神さんの名は出しませんから」

「ああ、いや――そんなことはいいんだがね。それじゃ……」

通話を切って、栄田は少し後悔した。

山神の個人的な事情は別だ。あくまで「あったこと」は報告するべきではなかったか……。

しかし——。

「お兄ちゃん」

「ああ」

振り返って、栄田は目をむいた。「——恭子！　お前——何してるんだ、こんな所で！」

妹の恭子が、小さなバッグ一つ、手にさげてそこに立っていたのである。

「地下鉄で来たの。今、駅から上って来たら、お兄ちゃんが見えたんで」

「だけど、お前……」

「お母さんから連絡行かなかった？」

「手紙が来てたが、読んでないんだ」

と、栄田は言って、「じゃ——家出して来たのか？」

「人聞き悪いなあ」

と、恭子はむくれて、「中学生や高校生じゃないんだよ。私、もう二十四」

「分ってるよ」

「家出じゃないもん。駆け落ちして来たんだから」

栄田は言葉を失った……。

「相手が誰だって？」

と、栄田は訊き返した。

恭子は軽いカクテルを飲み干して、

「――旨《うま》い！」

と、息をついた。「さすがは六本木」

「おい、恭子――」

「ご心配なく。駆け落ちってのはお母さんへの口実」

「口実？」

「うん。一人で出て来たんだけど、一人じゃ心配するかな、と思って」

「駆け落ちなら心配しないって言うのか？　呆れた奴だな」

栄田も笑うしかない。

――〈Kヒルズ〉の中のちょっと洒落《しゃれ》たバーに入っている。

栄田と恭子だけではない。加藤恵美も一緒だ。

「お兄ちゃんこそ、こんな美人つかまえて。やるじゃない」

「馬鹿」

栄田は腕時計を見て、「俺はもう仕事だ。――恵美。悪いけど……」

「大丈夫。ちゃんと送って行くわよ」

「頼む。何なら、アパートに泊ってってってくれ」

「帰るわ。遅いのはいつもだし、女はね、色々不便なの、自分の部屋に帰らないと」

「あ、そうだ！」

恭子が声を上げた。「シャンプーとか化粧水とか、買わないと」

「夜中まで開いてるお店に連れてってあげるわ」

「ありがとう！　何しろ田舎《いなか》じゃ夜九時になると、どっこも開いてない」

「もう行って」

と、恵美は栄田に言った。「私、妹さんともう少しおしゃべりしていく」

「分った。——恭子、適当に寝てろ」

「はい」

恭子は手を振った。「行ってらっしゃい」

——行ってらっしゃい。

あ、あの少女もそう言った。

栄田は突然、ゆうべの「悪夢」へと引き戻された。

——ぎりぎりまで恭子たちといたので、一階にある〈警備室〉に入ったのは、最後になった。

外を回る若手は、いつも顔ぶれが変る。

「——行って来ます」

と、二人が出て行くのを見送って、栄田は制服のボタンをきちんと留めながら、〈巡回中〉の赤いランプを点灯させた。

しい。

「全く、恭子の奴……」

地元での勤めは辞めてしまって、しかもこっちで仕事をどうするか、何も考えずに来たら

とりあえずは、OL暮しでの貯金でしばらく食べていけると言っていた。——むろん、家賃はタダ。

栄田だって、妹の顔を見て、懐しくないわけではない。

ただ、自分で仕事を探すといっても、容易ではない。ともかく明日、ゆっくり話し合おう。

「——栄田です」

と、本社へ連絡を入れる。「〈Kヒルズ〉の構内巡回開始」

「了解」

——まだこの時間は人も歩いていて、〈夜警〉をしているという気になれない。

それでも、長いエスカレーターに乗ると、ゆうべのことを思い出す。

あの女の子は誰なのだろう?

まさか——今夜は会わないだろう。

栄田は、それでも午前三時の巡回が、いくらか待ち遠しかった……。

「へえ。兄貴にゃもったいない」

と、恭子は栄田のアパートの玄関に立って言った。「結構片付いてる。——これ、恵美さ

んが片付けてくれてるの？」

「多少はね」

と、恭子を送って来た加藤恵美が言った。

「でも、お兄さんは几《き》帳面《ちょうめん》できれい好きだから、いつもたいていきれいに片付いてるわよ」

「ああ、そうね。――お兄ちゃん、昔からそうだった。私の部屋の方が、いつも散らかってて、よく文句言われた」

恭子は上って、「恵美さんは……」

「私、このまま帰るわ」

と、恵美は言った。「明日も仕事があるしね」

「ありがとう。わざわざ送ってくれて」

「だって、送って来なきゃ、迷子になってたでしょ。鍵だって持ってないし」

「そりゃそうね」

と、恭子は笑って、「――恵美さん、ここの鍵も持ってるのね。私、邪魔かな、ここにいたら」

「そんなことないわよ。私が鍵を持ってるのは、栄田君の生活が普通と逆でしょ。だから不便なのよ、持ってないと」

「私――仕事見付けて、自分の部屋借りるつもり」

「大変よ、都内で部屋借りるのは。しばらくここでのんびりするといいわよ。――そうだ、お風呂の使い方だけ説明しとくわ」

恵美は、風呂のお湯の出し方などを、ザッと説明して、「あんまり遅く入らない方がいいわ。他の人の迷惑になる」

「分った」

「じゃあ、ゆっくり休んで」

「色々ありがとう」

「どういたしまして」

恵美はニッコリ笑って、「また、ゆっくり飲みましょうね。強いんでしょ?」

「人並み」

と、恭子は言った。「おやすみなさい」

——恵美が帰って行くと、恭子は玄関の鍵をかけ、それから、兄の部屋の中を、ゆっくりと見て回った。

そして、取りあえず持って来た荷物を開いて、着替えを取り出し、ソファに置いた。

「お風呂に入るか……」

と呟くと、恭子は少しためらって、それからケータイを取り出した。

時計を見て、

「遅いかな……」

と、気にしつつ、発信のボタンを押す。

呼出し音がして、

「もしもし」

「ごめん、遅くに」

「恭子。どこから？」

「今日、東京へ出て来たの」

少し間があって、

「そうか」

と、相手が言った。

「今、大丈夫？」

「ああ。女房は今、風呂だ」

「兄のアパートにいるの。——明日、会える？」

「そうだな……。出社してみないと分らないんだ。午後に一度連絡するよ」

「うん。無理言ってごめんね」

と、恭子は言った。「近くにいられるだけで、嬉しい」

「ああ、僕もだよ」

その響きの中に、恭子はいくらか迷惑そうな気持を読み取っていた。

「じゃ、明日連絡するから」

「待ってる」

通話は切れた。

恭子は、しばらく座り込んだまま、動かなかった。

出て来るべきじゃなかったんだろうか？

もちろん、東京へ来たからといって、彼に妻子があり、自由に会えるわけでないことは承知している。

それでも——もう少し恭子の気持を察して、やさしい言葉の一つくらいかけてくれても良さそうなものだ。

それに彼だって、会っているときには、

「君も東京へ出て来いよ」

と言っていたのに……。

恭子も二十四だ。男の言葉を何でも真《ま》に受けるほど世間知らずではない。

それでも、恋する気持は、つい女心に幻を抱かせるのである。

「——そうだ。お風呂に入っちゃおう」

恭子は自分へ言い聞かせるように、口に出して言うと、立ち上って伸びをした。

「東京だ！」

と、口をついて出た言葉は、まるで独立宣言でもあるかのようだった。

聞き慣れた笑い声が、吹抜けに響く。

もちろん栄田のようにいつも聞いていなければ、それが今をときめく人気者の笑い声だとは分らないだろう。

〈広場〉に面したエレベーターが開いて、市川美奈子《いちかわみなこ》が五、六人のスタッフと現われた。

栄田は制帽のへりにちょっと手をかけて、

「今晩は」

と、会釈した。

「あ、もうそんな時間?」

と、市川美奈子は言った。「マンションの入口、閉ってる?」

「まだ十五分ほどありますよ」

と、栄田は言った。

「でも、閉め出されたらいや。ついて来てよ」

「いいですよ」

市川美奈子は、スタッフへ、

「じゃ、今夜はここでね」

と、少しろれつの回らない口調で言った。

「お疲れさまでした」

と、スタッフたちが口々に挨拶《あいさつ》して、エスカレーターの方へ向う。

「一緒に行こうか?」

と声をかけたのは、マネージャーの久保《くぼ》という男。

スーツにネクタイ姿ではあるのだが、それでもどう見ても普通のサラリーマンには見えない。

「いいわよ、一人で帰れる」

と、市川美奈子は言って、「ちゃんと、このガードマンさんがついて来てくれるもの」

と、栄田を見る。

「じゃ、明日は朝の九時だよ」

「はい、大丈夫。ちゃんと起きるわよ」

「おやすみ」

「おやすみ……」

久保は、エスカレーターへと足早に歩いて行く。

「――行きますか」

と、栄田は促《うなが》した。

「ええ」

とは答えたが、市川美奈子はその場で吹抜けの空間を見上げて、大きく息をついた。

「ああ、胸がスッとする」

と、伸びをして、「いいわねえ、誰もいないって」

市川美奈子は、たぶん栄田と同じくらいの年齢だろう。ドラマ、歌、バラエティ、司会など何でもこなすタレントである。

ここのマンションに住んでいるのだが、〈広場〉へ出て来るのは、午前一時まで開いているイタリア料理の店で、遅い食事をしたときである。

「今日は何の仕事だったんですか？」

と、栄田は訊いた。

「クイズ番組よ。インチキのね」

と、美奈子は笑って、「ちゃんと答えを教えてくれるの。でも、人気のある人ほど正解できる。人気のないのは、分ってても間違える」

「ショーですね」

「そうよ。私たちなんて、動物園の檻《おり》の中にいるのと同じ。みんなが指さして笑うのよ、『タレントって馬鹿だな！』って」

――栄田は仕事柄ということもあって、ＴＶを見ることはあまりない。

しかし、似たような格好の若者たちが何人一緒にいても、市川美奈子はその中でパッと浮き出して見える。

スターというのは大したもんだ、と初めて見たとき感心した。

それに、ＴＶで見るよりずっと細身で、スラリと脚が長い。

「そろそろ閉りますよ」

と、栄田は言った。

「はい。じゃ参りましょう」

美奈子は少し酔っているのだろう、おどけた口調で言った。

〈広場〉から〈住居棟〉へ入る扉は、午前〇時になるとロックされる。

「――私、ときどき怖くなる」

と、美奈子は言った。

「何かあったんですか？」

「そうじゃないけど――午前〇時過ぎて、ここから入れなくなり、他にも人がいなくて、この〈広場〉で、ずっと朝まで閉じこめられてたら、どんな気持かな、と思って」

「そんなこと、ありませんよ」

「分ってるけど――でも、何が起るか分らないでしょ、人生って」

二十代にしては、少し大げさなセリフだ。

「さあ、どうぞ」

「中まで送ってよ、いいでしょ？」

入ればすぐにロビーへ出られるのだが、栄田は逆らわないことにした。

とりあえず〈住居棟〉へ入って、美奈子はホッとしたようだ。

「栄田さん――だっけ？　違ってたらごめんなさい」

「栄田でいいんですよ」

「彼女と暮してる？」

「はあ？」

「時々、『女の匂い』がする」

栄田は笑って、

「一緒に住んじゃいませんが、一応彼女はいます。ああ、それと妹が今日東京へ出て来て、当分居つくでしょう」

「妹さん？　可愛いでしょうね」

「さあ。私とはちっとも似てないって言われてますからね」

――マンションのフロントはホテルを思わせる作りで、二十四時間、必ずスタッフがいる。

「今晩は」

制服の女性スタッフが、市川美奈子に言った。

「どうも……」

栄田は、

「では、私はこれで」

と、一礼した。「おやすみなさい」

「おやすみなさい。――ごめんね」

「何です？」

「ついて来させて。一人で帰れるのにね」

「仕事の内ですよ」

「そう言ってくれると……」

美奈子は、ちょっと目を伏せて、「一人で寝るのって、辛いのよ。あなた、いつも夜中に仕事でしょ？　朝帰って、すぐ眠れる？」

「慣れてますからね」

「いいなあ。私はだめ」

「でも、あんまり薬に頼らない方がいいですよ」

「うん。――そうね。でも飲まないと眠れないの」

美奈子は、「それじゃ――」

と、手を振って、エレベーターの方へ歩いて行く。

栄田は〈広場〉の方へ戻りかけたが、

「キャッ！」

という鋭い声に振り向いた。

「――どうしました？」

栄田は駆け出した。

美奈子がエレベーターの前で立ちすくんでいる。

エレベーターの扉が開いて、その中に、ここに住んでいる弁護士の奥さんが座り込んでいた。

ネグリジェ姿で、放心したように、目は何も見ていない。そして左手首に切り傷があって、血がいく筋も流れていた。

「ちょっと！」

栄田は素早くキーを出してエレベーターの扉を開いたままにすると、「早く来てくれ！」

と、受付の女性を呼んだ。

駆けて来た女性が目を見開いて、

「どうしたら……」

「救急車を。——地下の駐車場へつけてもらってくれ」

「はい」

受付の女性が走って行くと、栄田は座り込んでいる女性を抱きかかえるようにして立たせて、エレベーターから連れ出し、ソファに座らせた。

「——大丈夫？」

と、美奈子が酔いなど覚めてしまったように言った。

「傷は浅いですよ。——あなたはもうお部屋へ」

「ええ……」

美奈子は肯いて、「思い出した。ご主人、弁護士さんよね」

——長い夜の始まりだった。

受付には救急箱がある。

どうしていいか分らない様子の受付の女性の代りに、栄田は手首を切った香川友代《かがわともよ》の傷に包帯を巻いた。

傷は深くないが、出血が止らないので、ソファやカーペットに血の跡がつくのも防ぎたかった。

「香川さん、大丈夫ですか?」

と、栄田は声をかけた。

「私……どうしてここに?」

香川友代は、半《なか》ば放心したように言った。

「エレベーターで下りて来られたんですよ。——ちょっと、何かはおるものを」

と、栄田は受付の女性に言った。

「はおるもの……ですか」

「この格好じゃ寒い。何でもいい」

「でも……そういうものはありません」

そばに立っていた市川美奈子が、自分のコートをパッと脱いで、

「これ、どうぞ」

と差し出した。

栄田はためらわず、

「ありがとう。お借りします」

と、そのコートを香川友代へ着せた。

他の住人も通りかかるかもしれない。ネグリジェ姿の女性を座らせておきたくなかった。

「すみません……」

と、夫人は言った。

栄田は安心させるように、夫人の手をさすって、

「ご心配なく。横になりますか?」

「いえ……。大丈夫です」

少し頰に赤みが戻って来た。

そのとき、エレベーターの扉が開いて、香川友代はハッと息を吞んだ。

「――香川先生」

栄田は立ち上って、「奥様が今――」

香川浩市《こういち》は五十歳ぐらいか。いかにも几帳面に、いつもきちんと髪を分け、家の中でもネクタイをしめていそうなタイプである。

弁護士として、このオフィス棟に自分の法律事務所を持っている。有能で、「高い」とも言われていた。

香川はシルクのガウンを着ていた。

「――友代。何してる」

と、栄田を無視して、妻の方へやって来る。

「先生、今、救急車を呼びましたが」

栄田の言葉に、香川はちょっと笑った。

「大げさな！　お気持はありがたいが、必要ない。断ってくれ」

「はあ……。ですが出血が——」

「荷物を解こうとして、カッターナイフで紐《ひも》を切っていて、手が滑ったんだ。——そうだろう?」

香川が妻を見る。

「ええ……」

友代は、小さく肯いた。

「だから、家で手当すればすむ。迷惑かけたね」

香川はそう言って、「友代。行こう」

と促した。

友代は、少しふらつきながら立ち上って、夫について、エレベーターへと歩き出した。

「そのコートは?」

「あ……。そちらの方の……」

「お借りしたのか。——血がついているといけない。クリーニングに出してから、お返しします」

「いえ、いつでも……」

と、美奈子が言った。

「では、お騒がせしました」

夫婦がエレベーターへと消える。

扉が閉るとき、友代が一瞬栄田を見た。

その目には明らかな「怯《おび》え」の色が浮んでいた。

「――荷物を解こうとして、なんて嘘よね」

と、美奈子が言った。「あの手首の傷、どう見ても自分で切った傷だわ」

「しかし、どうしようもありませんね。――救急車、断ってくれるか」

受付の女性はホッとしていた。

「――栄田さん」

と、美奈子が言った。

「コート、すみませんね。こんなことになるなら、お借りしなくても……」

「そんなことといいの」

と、美奈子は首を振って、「ただ――あれを返してもらうとき、奥さんの様子、見ておいて」

「はあ」

「あの奥さん、ご主人のことを恐れてたわ。はっきりと」

「確かに」

「有名な弁護士さんの奥様なんて、何不自由なくて幸せそうなのに……。少しも幸せじゃないのね」

美奈子はそう言って、「――自由で、楽しく暮してる人なんて、誰もいないのかもしれないわね」

栄田は、腕時計をチラッと見て、

「巡回が大分遅れた。――もうおやすみ下さい」

「ええ。――ごめんなさいね。私がここまで引張って来ちゃったんで、こんなことに……」

「いや、とんでもない。これも仕事です」

「ありがとう」

美奈子は微笑《ほほえ》んで、「――ここまでわがまま言ったから、もう一つ聞いてくれる?」

「何ですか?」

「部屋の前まで送って。あの奥さんなんかとエレベーターで二人きりになったら怖い」

と、美奈子は言った。

口もとに笑みは浮べていても、本気だった。

栄田は、エレベーターで市川美奈子と一緒に三十一階まで上った。

〈3103〉のドアの前まで来て、

「TVドラマなら、『上って一杯やっていかない?』って誘うところだけど」

「TVドラマじゃないので、クビにはなりたくありませんからね」

と、栄田は言った。

「そうね」

美奈子は鍵をあけて、「──ありがとう。おやすみなさい」

と言った。

「おやすみなさい」

栄田は小さく会釈して、エレベーターの方へと戻って行った。

「待って」

美奈子が小走りに追って来ると、栄田の顔を両手で挟んで、素早くキスした。

「おやすみ！」

スターは自分で照れて赤くなると、そのまま自分の部屋へと駆け込んで行った……。

3　午前三時

その後は特に問題もなく、栄田は一回目の巡回を終えた。

あの住居棟での出来事には、それほど時間を取られたわけでもなかった。

帽子を脱いで机に置くと、コーヒーをいれて飲む。

ケータイが鳴った。

「――もしもし」

「お兄ちゃん、仕事中？」

恭子だ。

「いや、今一休みしてるところさ」

「ご苦労さま」

「まだ起きてるのか」

「お風呂から出たとこ」

と、恭子は言った。「ね、お兄ちゃん、恵美さんっていい人ね」

「何か言ってたか？」

「別に。でも、分るわ。お兄ちゃんのこと、好きなんだ」

「ませたこと言うな」

と、栄田は笑って、「明日、ここの中の旨いイタリアンに連れて来てやる」

「やった！」

と、恭子は声を上げた。「お腹空《なかす》かしとくわ」

「俺が帰るのは朝だ。もう寝とけ」

「うん。——TV、点《つ》けてもいい？」

「大きな音出すなよ」

「分ってる。じゃ、頑張って。おやすみ」

「ああ、おやすみ」

栄田は、通話を切って、「あいつ……」

と呟いた。

恭子が東京へ来たがっていたことは承知していたし、来られたら迷惑だと心配もしていたのだが、いざ実際にそうなってみると、意外に喜んでいる自分に気付く。

一人暮しで、つい人恋しくなっているのだろうか。

恵美とも、いつでも会えるというわけではない。

もちろん、恭子がいると何かと不便なこともあるだろうが、少なくとも今は部屋へ帰っても一人ではない。そのことが嬉しく感じられた。

——栄田は、その後、香川弁護士のところから何も言って来ていないか、住居棟の受付の女性へ電話してみた。

「今のところ何も」

「そうか。明日の朝の担当に申し送りしといてくれ。香川先生に何か言われたとき、話が通じなくても困る」

「はい」

「よろしく」

と、切ろうとすると、

「あの——栄田さん」

「何だい？」

「さっきは……ごめんなさい。私、どうしていいか分らなくて」

「ああ。突然だったしな」

「あんなこと初めてで……」

「誰だって、初めは戸惑うさ。でも、次はちゃんと冷静に対処してくれよ」

「はい」

と、しっかりした声で言った。「もうご迷惑かけません」

——栄田は、ただ可愛いだけで採用されたような受付の女性たちが、こうして成長していくのだと思った。

むろん、住居棟には外国人も多く、彼女たちは英会話ができるのが雇われる条件になっている。

しかし基本はやはり人との接し方なのである。

栄田は午前三時の巡回まで、少し横になった……。


午前三時、少し気持を引締めて、再び巡回に出た。

さっきとはまるで別の世界だ。

人気《ひとけ》がなく、時が止っているかのよう。

――むろん、栄田は忘れてはいない。

ゆうべの、あの女の子のことを。

あれは「現実の存在」だったのだろうか？

まさか……幽霊？

栄田は迷信深いわけでもなく、宗教にはまるというタイプでもないが、幽霊のようなものについては、「もしかすると、いるかもしれない」と思っても特に自分の信念とは反しない。

〈広場〉へ出て、足を止め、ゆっくりと周囲を見回すと――。

「行ってらっしゃい」

と、声が響いた。

あの少女が、またあの長いエスカレーターの所に立っていた。

今回は栄田もあわてない。

「今晩は」

と、静かに声をかけてみる。

少女は、ちょっと笑って、停っているエスカレーターをカタカタと下りて行く。

栄田はわざと追いかけなかった。

追えば逃げて行って姿を消すだろう。

あせらず、ゆっくりとエスカレーターの所まで行き、下を見下ろす。

もう少女の姿は見えない。

栄田は待った。向うから、また出てくる。

やがて、エスカレーターの下り切った所に、少女が戻って来た。

「――来ないの？」

と、栄田を見上げる。

「君が来てくれないかな。僕はもう年齢《とし》なんでね。疲れるんだ」

それを聞いて、少女は、

「変なの」

と笑った。「毎晩歩いてるじゃないの」

「君は？　君も毎晩ここにいるの？」

「ええ。今までずっとね。でも、あなたが気付かなかっただけ」

と、少女は言って、「下りて来て」

と、手を差しのべた。

こうなっては、下りて行かないわけにもいかない。

栄田は、停っているエスカレーターをコトコトと下りて行った。自分の足音が、〈広場〉の吹抜口に、いつもより響くような気がした。

少女は、今夜は逃げなかった。

栄田はエスカレーターを下り切ると、差しのべられた少女の手に自分の手を触れようとしてためらった。

自分の手が、少女の手を素通りして空《くう》を切るのではないか、と思ったのだ。

しかし、今さらやめるわけにはいかない。

思い切って、栄田は少女の手を握った。それは幻ではなかった。だが、栄田は他の理由で一瞬体がこわばるのを感じた。

「君……」

少女の手は、冷たかった。氷のよう、と言うほどではなかったが、それは少なくとも血の通《かよ》った肉体の一部ではなかった。

「怖い？」

と、少女は微笑んだまま言った。

「怖くはないが……何しろ初めてなんでね、幽霊と握手するのは」

「こんなに可愛いと思わなかったでしょ、幽霊が」

少女は、栄田の言葉を引き取って笑った。栄田も微笑んだが、同時に、ある考えが湧き上って、一瞬、体がスッと冷えていった。

「君は……」

と言いかけて一旦ためらい、「君は、僕を迎えに来たのか？　僕は死ぬのかい？」

少女は、ちょっと目を見開いて、

「私は死神じゃないわ」

と言った。「あなた、元気で死にそうもないじゃない」

「そうか」

信じていいものやら、分らなかったが、取りあえずは信じるしかあるまい。

しかし、それならなぜこうして自分の前に現われたのか。訊きたかったが、答えを聞くのが怖いようでもあった。

少女は、栄田の思いを見抜いたかのように、

「あなたに見せたいものがあるの」

と言った。「一緒に来て」

「しかし――僕には仕事がある。こうしているのも、監視カメラで見られているんだよ」

栄田の言葉に、少女はますます愉《たの》しげに、

「私がカメラに映ったら、もうとっくに評判になってると思わない？」

「――なるほど。君はカメラに映らないのか。しかし、僕は映ってるからね。ここで一人で立っておしゃべりしてるわけか」

「心配はいらないわ」

と、少女は栄田の手を引いて、「行きましょう」

「どこへ？」

少女は答えなかった。


チャイムが鳴った。

マンションのフロントの所のインターホンを鳴らすと、チャイムは一回、各部屋のドアのインターホンなら二回鳴る。チャイムは二回鳴った。

「平山《ひらやま》さんだな」

香川浩市は玄関へ出て行くと、ドアのスコープで覗いてから、鍵をあけた。

「――遅くなって申しわけありません」

アルコールの匂いがしていた。スーツにネクタイ、どこかのパーティの帰りだろう。

「いや、こっちこそいつもご迷惑をおかけして」

と、香川は言った。

「医学部長と一緒でしてね。なかなか抜けられなくて」

平山祐一《ゆういち》は、革のバッグを抱えていた。「奥さんはいかがです」

「放心状態というか……。とりあえず包帯して、出血は止ったようですが」

「拝見します」

「どうぞ」

香川は、廊下の突き当りの寝室へと平山を案内した。

「――友代」

ドアを開けて、中が暗くなっているのを見ると、香川は明りを点けた。「平山先生だ」

広々としたベッドに、ガウンをはおった友代が横になっていた。

「何か薬を?」

「いえ、何も服《の》んでいないはずですが……」

平山がベッドに近寄ると、友代はゆっくりと目を開けて、

「先生……。すみません」

と、弱々しい声で言った。

「医者は、具合が悪いときのためにいるんですよ。さあ、傷を見せて」

平山はベッドに腰をおろし、友代の左手を取った。手首に無器用に巻かれた包帯には、少し血がにじんでいる。

「――私、うっかり者で……」

と、友代は言った。「先生もご存じでしょ？　年中けがしたり、転んだり……」

「ええ、よく分ってますよ。――血は止っているようだが、包帯を替えましょう」

平山は、いかにもプロらしく、手慣れた様子で友代の傷を消毒し、新しい包帯をきっちりと巻いた。

「気分的に動揺しているでしょう。鎮静剤を射《う》っておきましょうね」

友代は別にいやがる様子も見せなかった。

平山は友代に注射を射つと、

「これで明日までゆっくり眠れます。心配いりませんよ」

と、穏やかに微笑んで、友代の手を軽く握った。

「どうもすみません……」

友代は、呟くように言った。

——注射の効果は早い。

五分ほどすると、友代は目をつぶって、静かに寝息をたて始めた。

「眠ったか」

香川は微妙に変った口調で訊いた。

平山は、ちょっと友代の手首の脈をみて、

「大丈夫」

と肯く。

香川は平山を促して、寝室を出た。

居間で、香川はグラスにブランデーを注《つ》いだ。

「さあ」

「どうも」

平山はグラスを受け取ると、「かなり本気で切ってますね」

「そうか？　びっくりしたよ。こっちも」

と、香川は自分もグラスを手に、「しかし、これで却《かえ》って友代のことは知れ渡るだろう」

「フロントの子が見たんですね？」

「ああ、それと——何といったかな、あのタレントの女の子」

「市川美奈子ですか」

「そこにコートがあるだろう。血がついたんで、クリーニングに出して返さんと」

「それはいいタイミングでしたね」

「あと、ここを巡回してるガードマンがいた。救急車を呼んだと言うんで、断って戻ったが」

「あの夜警ですか。あの男はプロですね。——しかし、冷たい印象を与えたでしょう」

「印象は罪にならんよ」

と、香川はソファにゆったりと座って、「肝心なのは、友代が自分で手首を切った、ということだ」

「それだけ証人がいれば、いざというときは……」

「ああ、友代の自殺を疑う人間はいないさ。後はどうやって自殺させるかだが……」

香川は平山を意味ありげに見て、「いい方法は考えてくれたかね」

と言った。

「確実でないと。今はなかなか難しいです。こういうマンションでは、一旦廊下へ出ると、誰に出会うか分らない」

「薬では、あまりに不確実だな。といって、飛び下り自殺というのも――」

「人目をひき過ぎます。それに、飛び下りる場所がありませんよ。こういうマンションでは、少しでも危険な場所には、まず出入りできないようになっていますから」

「そうだな」

「このご自宅の中で、すべて終るようにしなければ。それなら、ほとんど他の住人にも知られずにすむでしょう。むろん、噂が立つのは避けられませんが、都会人は忙しい。すぐ忘れていきます」

と、平山は微笑んで、「やはり、奥さんが発作的に死を選ぶ、という形ですよ」

「ああ。――そのとき、私は仕事で留守にしていなければ」

「しっかりしたアリバイを。今夜の僕のような、パーティに出ていたというのはだめですよ。誰も、いつまで誰がいたなんて憶《おぼ》えちゃいません」

「ああ。短期出張が一番だな。発見が遅れた言いわけにもなる」

「まず疑われることはないでしょうが、今、保険会社はうるさいですからね」

香川はブランデーを飲み干すと、

「力を貸してくれるね」

と、平山を見た。「決して損はさせない」

「教授選には金がかかるんです。香川さんがついていて下されば……」

「友代の財産は相当なものなんだ。何十億かになる。うちの事務所にとっても、必要な金だ」

「奥さんはよく分ってないんですね」

「顧問弁護士と会わせないようにしてるからね。友代が自分の財産を持って別れるとでも言い出したら大変だ」

「彼女のことはばれてないんですか」

「うすうす何かあると感じているだろうがね。大丈夫。自分の信じたくないことには目をつぶっている女だ」

香川は時計を見て、「やれやれ、もうこんな時間か」

と、伸びをした。「明日は法廷がある」

「僕も失礼します。二日酔で手術はうまくないですからね」

平山はグラスを置いて、「ごちそうさまでした」

平山を玄関で見送って、香川はちょっと微笑んだ。

「医者とは仲良くしておくもんだ」

と、教訓めいた独り言を洩らし、香川は居間の明りを消した……。

栄田は息を殺していた。

おそらくその必要はなかったのだろうが、目の前で、香川と平山医師が香川友代に「自殺」させる相談をしていたのだ。平然としてはいられない。

暗い居間の中で、香川が寝室へ入って行く音を聞いて、やっと息を吐き出し、

「どうなってるんだ?」

と呟いた。「あの弁護士先生は奥さんを殺すつもりなんだね?」

栄田は傍《そば》を振り向いた。そこには、あの〈広場〉の少女が立っている——はずだった。

一体どうやってここへ来たのか。

それも、少女が、

「行きましょう」

と、栄田の手を握って促すと、突然二人はこの部屋にいたのだ。

しかも、栄田と少女は、香川たちのすぐ近くに立っていても、全く気付かれなかった。

これはどういうことなのか。——栄田にはむろん、分らない。

だが、目の前で交わされる会話の内容にショックを受け、そこまで考えていられなかったのだ。

そして今、少女のいる方を振り向いたのだが——。

その瞬間、栄田は自分が元の〈広場〉からエスカレーターを下りた場所に立っているのを

発見したのだった。
少女の姿は、どこへともなく消えてしまっていた……。

4　混乱

駅の通路は、いやに閑散としていた。

「そうか……。今日は土曜日だ」

栄田は駅を出て、初めてそのことに気付いた。

初めてあの少女を見かけてから、もう何日もたったような気がする。

——いつもなら、アパートへ帰り着くころには眠気がさして来て、欠伸の連発となるのだが、今朝は頭がいやにはっきりして、眠くならない。

「それはそうだよな」

何しろ一時的にせよ、「幽霊になった」のだから……。

玄関の鍵をあけて中へ入ると、

「お帰り！」

と、妹の恭子が元気よく出て来た。

栄田は、恭子がいることも忘れていたのでびっくりした。

「お前……。どうしたんだ、こんなに早く」

「そういつまでも寝てやしないわよ」

と、恭子は笑って、「恵美さんからね、お兄ちゃんの帰ってくる時間を聞いたの。たいてい、何も食べないで寝ちゃう、ってこともね。体に悪いよ! 朝ご飯、作っといたから」

テーブルに、目玉焼やミソ汁、ご飯が並んでいる。

「どうやって作った?」

「東京は二十四時間オープンのコンビニ、って便利なものがあるじゃないの。どれもできたのを買って来たの。茶碗だけは出した」

「おかしいと思ったよ。電気釜はないしな」

「食べてよ。ね?」

「ああ、いただくよ」

妹に向って、「いただく」か。——俺もずいぶん変ったもんだ。

しかし、正直なところ、今朝こうして恭子の顔が見られるのは嬉しい。

「——これから寝るんでしょ、お兄ちゃん」

「ああ、シャワーを浴びてな」

「私、少しこの辺をぶらついて来るわ。夕方には帰るから」

「ああ。迷子になるなよ」

「子供じゃないわ」

栄田は、電子レンジで温めた白いご飯——これが結構旨い——を食べながら、確かな日常、へ帰って来た安心感を覚えていた。

「——東京に来てる友だちも何人かいるし、連絡取ってみるわ」

恭子は、もう心ここにあらず、という気配。

「出かけろよ。構わないから」

「そう？　じゃ、お茶碗、水につけといて」

「ああ、分ってる」

恭子は身仕度をして、アッという間に、

「行って来ます！」

と、玄関へ出て行く。

「おい、待て！」

栄田は、キッチンの引出しから、ここの予備の鍵を出して、「——持ってろ、ここの鍵だ」

「ありがと」

「差し当りいる物もあるだろう。金、持ってるのか？」

「ないことはないよ。でも、おこづかい、いただけるのなら、あえて断らない」

「待ってろ」

栄田は札入れから何万円か抜いて渡し、「あんまりカードを使い過ぎるなよ」

「サンキュー。じゃ、行って来る」

弾むような足どりで、恭子が出かけて行ってしまうと、栄田はちょっと苦笑した。

兄貴らしいことをしてやるのが楽しい。

「単純だな、俺も」

と、つい自分をからかっていた。

朝食を食べながら、ゆっくりとゆうべの出来事を思い出す。

――考えなければならないことが、いくつもあった。

あの少女と出会ったことを疑うわけにはいかない。他人が信じるかどうかはともかく、栄田は正気そのものだった。

あの少女と話している間、あるいは香川の部屋へ「行っていた」間、栄田の体はどうなっていたのだろう?

〈Kヒルズ〉の監視カメラは、ほぼ全域をカバーしている。当然栄田も映っていたはずだが……。

それを確認して来る気にはなれなかった。

実際、自分がどうなっていたのか、あの少女に訊く他はあるまい。

あの少女は、そもそも何者なのだろうか。

あそこに「今までずっと」いたと言っていた。

何かあの〈Kヒルズ〉に係《かかわ》りのある子なのか。といって、今は「生きていない」のだから……。

なぜ栄田の前に現われたのか、なぜあんな場面を見せたのか。――いくら考えても分るわけがない。

それよりも——今、栄田を悩ませているのは、自分が何をすればいいか、ということだった。

あの香川の部屋で見聞きしたことが現実だったのかどうか、自信はない。

あの少女が見せた「幻の映像」だった、という可能性もある。

だが、実際、平山という医師があの住居棟にいるのも確かだし、何より栄田自身がたまたま目撃した、あの夫人の手首の傷。

あのときの、香川の冷ややかな様子、怯えていた夫人の表情。

そのすべてが、あの場面にぴったりと結びつく。

だが、問題はその先である。

香川が平山と組んで、夫人の財産を狙って自殺に見せかけて夫人を殺そうとしている。それが事実として、栄田に何ができるだろう?

まさか、警察にそんな話を持ってはいけない。大体、警察というところは、「事件が起ってから」でなければ何もしてはくれない。

では、香川にその企《たくら》みをやめさせるか。どうやって?

何といっても、根拠は何かと問われたら、返事ができないのだ。

といって、黙って放置して、本当に夫人が殺され、自殺として処理されてしまったら……。

自分が何もしなかったことを悔《く》やむことになろう。そして、殺人者である夫と平山に、どう接したらいいのか。

――栄田は、思わずこぼしていた。

「とんでもないものを見ちまったよ！」

寝不足になりそうで、ため息をつくばかりの栄田だった。

それでも、習慣とは恐ろしいものだ。

栄田は、少し寝つけずにベッドで起きていたものの、三十分ほどで眠りに引き込まれていたのである。

その代り、夢の中にあの少女が現われて、

「私と遊ぼう」

と、しきりに誘うので、

「だめなんだ！　今はちゃんと眠っとかないと！」

と言ってやった。「君だって、幽霊らしく出るなら夜にしてくれよ！」

少女は妙に納得して、

「そうか……。そうよね」

と肯くと、「幽霊は夜に出ないといけない……」

と、独り言を言いながら消えて行った。

――栄田は、香川の妻の夢も見た。

「奥さん、大丈夫ですか？」

と、栄田が訊くと、

「あなたがついているもの」

と、夫人は言った。

「僕には何もできませんよ」

「冷たいこと言わないで」

「冷たい、って言われてもね……」

「私を見捨てるつもり？　私のこと、愛してるんでしょ」

栄田はびっくりして、

「とんでもない！」

と、叫んだ。

「あら、分ってるのよ」

と、香川友代は栄田の方へ迫って来た。「いつも私を熱っぽい目で見ているじゃないの。私が気付いていないと思ってるの？」

「奥さん！　あっちへ行って下さい！」

と、栄田は逃げようとするのだが、友代に捕まってしまう。

「ねえ、栄田さん……」

友代がネグリジェの胸もとを開くと、豊かな乳房がこぼれ出た……。

「だめですよ！」

と、栄田は叫んで――本当にそう叫んでいたらしい。

ギョッとして目を開くと、一人でベッドに寝ていた。

「ああ……やれやれ」

何て夢だ。

俺、欲求不満なのかな？

まだ二時間ほどしか眠っていない。

「もう、あんな夢は見ませんように」

と、祈るように呟いて、栄田は毛布を頭からかぶるようにして目を閉じた。

そして――今度は、あのタレント、市川美奈子の夢を見た。

――市川美奈子は、どこやらの隅で、シナリオを読んでいた。

ＴＶスタジオらしい。――といっても、栄田はそんな所に入ったことはないのだが。

「あら、栄田さん？」

と、美奈子はシナリオから顔を上げて、「見に来たの？　私の大根役者ぶりを」

と、照れたように笑う。

「あなたはきれいですよ」

と、栄田は言った。

「ありがとう。――多少はね、目立つかもしれないわね」

「多少どころか……」

「でも、自分自身、気が咎《とが》めて仕方ないの」

と、美奈子はシナリオを閉じて、「私はろくにセリフも憶えてこないのに、誰からも文句言われない。ワンカットずつ細切れで撮ってくれるから、何とかなるの。でも、私よりずっと小さい役でも、上手な役者さんが何人もいるのよ。私なんか、たった二つ三つのセリフでも、何回も間違えるのに、その人たちは決して間違えない」

「あなたは、もっと上手《うま》くなりたいんですね」

と、栄田は言った。「それなら、ちゃんと演技を習うべきですよ。基本から」

「分ってるけど……。プロダクションが、そんなこと許してくれないわ」

「その気があれば、時間を作って、習えますよ。――きっと、あなたはいい女優さんになる」

「そんな……。私なんてだめよ」

「大丈夫、自信を持って」

と言いながら、栄田は、俺って、ずいぶん偉そうにしてるな、と思っていた。

「栄田さん……」

美奈子は、やさしい目で栄田を見上げて、

「あなたって、すてきな人……」

と言った。

あなたって、すてきな人……。

夢の中でそう言ったとたん、美奈子の膝の上からシナリオが滑り落ちて、バタッと音をたてた。

美奈子はハッと目を覚ました。

「――夢見てたのか」

と呟くと、周囲を見回す。

スタジオの片隅で、休憩していたのだ。

シナリオを拾い上げて、美奈子は欠伸をした。

「――久保さん」

マネージャーの姿を見かけて、美奈子は呼んだ。「どうしたの？」

もうとっくにドラマの収録が始まっているはずの時間だった。

「分らないんだ」

と、久保も大分苛々《いらいら》している。「困るな。次の仕事があるのに」

「どうしたの？」

「大倉《おおくら》あゆみさ」

と、久保が小声で言った。「まだスタジオに入ってない」

「珍しいわね。遅刻？」

「それが分らなくて、スタッフが焦《あせ》ってる」

と、久保は肩をすくめた。「だけど——」

と、声をひそめて、

「君は不平なんか言っちゃいけないぞ。相手は大倉あゆみだ」

美奈子は苦笑した。

「言ってるのは久保さんじゃない」

「そりゃあ、俺は君の仕事に責任を負ってるからね」

スタジオの中が、一種奇妙な静けさに支配されている。

大倉あゆみが来ないと、収録が始まらないのだ。

大倉あゆみは、美奈子とほぼ同世代のスターで、このドラマの主役である。

すでにこの四、五年、常に連続ドラマの主役を演《や》り続けていた。

視聴率はそこそこだったが、所属している事務所が大手で、沢山《たくさん》のタレントを抱えている。

このドラマにも、大倉あゆみとセットで、同じ事務所のタレントが何人も出ていた。

しかし、いかにスターといっても、こういうドラマの収録に遅れてくるのは珍しい。

「——まだ連絡つかないのか!」

と、苛々した声を上げているのは、このドラマを制作しているプロダクションのプロデューサーだ。

「連絡してるんですけど、ケータイもつながらなくて」

と、答えているのは、同じ事務所の他のタレントのマネージャー。

「事故にでもあったんじゃないの？」

と、美奈子は言った。

「おい、滅多なこと言うなよ」

久保が顔をしかめた。

「私、心配して言ってるのよ」

と、美奈子は口を尖《とが》らした。

単に遅れるだけなら、タレントの寝坊や、車が渋滞に巻き込まれるなど、理由は色々あるだろう。

しかし、マネージャーから何の連絡もないということは、まず考えられない。

「こっちはエキストラも待ってるんだ！」

プロデューサーが、悲痛な声を上げる。

そのとき――スタジオに誰かが入って来た。

一瞬、緊張が走る。

入って来たのは、まずこんな収録現場へ来るはずのない人だった。

「驚いたな！　東野《とうの》さんだ」

と、久保が言った。

大倉あゆみが所属している事務所の社長、東野だった。

美奈子は、パーティなどで見かけたことはあったが、口をきいたこともない。

東野の周りに、事務所のマネージャーたちが一斉に集まる。その様子は、池のコイがエサに群がるのにも似ていた。

「――聞いてくれ」

東野の声はスタジオに響いた。「大変申しわけないことになった」

プロデューサーは、もう青ざめて失神寸前だった。

東野は、貫禄を感じさせる男だった。五十になるかどうかだろう。

「つい三十分前、大倉あゆみが麻薬所持でN署に逮捕された」

誰もが息を呑んだ。

「社長……。間違いじゃないんですか?」

「残念ながら、所持していた。現行犯逮捕だ。釈明のしようがない」

と、東野は言った。「――このドラマの関係者の皆さんには誠に申しわけない」

と、スタジオ内を見渡して、

「損害はすべてうちが持たせてもらう。そして、今、局のプロデューサー、編成局長と話し合った」

誰もが、早くもしょげている。

ドラマの収録はまだ始まったばかりだ。

大倉あゆみ抜きで成立する企画ではない。きっと、ドラマそのものが流れるに違いない。

「幸い、収録はまだ始まったばかりだ」

と、東野は言った。「ご苦労さんだが、今までの分は改めて収録することになった。主役は交替する」

主役交替？　――誰がやるの？

美奈子は、とりあえずドラマそのものが中止にならなくてホッとした。大した役でなくても、連続ドラマで毎回顔を出すのは貴重な機会だ。

すると――思いがけないことが起きた。

東野がスタジオを横切って、真直ぐに美奈子の方へやって来たのだ。

「――市川美奈子君だね」

「はい……」

あわててシナリオを閉じ、立ち上る。

「局側とも話し合って、君にあゆみの代りに主役をやってもらおうということになった。色々スケジュールもあろうが、みんなのためだ。よろしく頼む」

東野が美奈子に頭を下げた。

美奈子は、呆気《あっけ》に取られて久保の方を見た。

「東野さん！　それは――本当ですか？」

久保の声が上ずっている。

「こんな冗談は言わんよ」

東野が冷ややかに久保を見て、「おたくの社長に連絡してくれ。もっとも、市川君がいやだと言えば別だが……」

「とんでもない！」

美奈子は叫ぶように言った。「あの——あゆみさんのようにはできないと思いますが、精一杯やらせていただきます」

「ありがとう」

東野が手を差し出す。美奈子はあわててその手を握った。

「明日、あゆみの件で記者会見をする。その席で、主役交替を発表するので、今日一杯は内密に。そのとき、市川君も出席してほしい。午前十時から、Kテレビのホールだ」

久保があわててメモを取る。

「すぐ社長に——」

久保がケータイを出そうとして落っことした。

美奈子は、「自分が主役」という話に、やっと胸が高鳴り、頰がカッと熱くなるのを感じた。

どうしよう。——どうしよう。

そのとき、なぜか美奈子の頭に浮んだのは、あの「夜警」栄田の顔だった……。

5 階段

それは、美奈子が考えているよりも、はるかに大変なことだった。

TVの視聴者にとっては、あるいはワイドショーのファンにとっては、単なる「人気アイドルの麻薬スキャンダル」による「ドラマの主役交替」に過ぎない。

しかし、主役が替れば、それに合せてシナリオも変更しなくてはならない。降板した大倉あゆみには似合っても、市川美奈子に合わないセリフもある。

シナリオライターは、ホテルに缶詰にされて、数日は眠らせてもらえないだろう。

特に、これまでに収録した分で、使える部分と使えない部分を分け、できるだけ「経済的な」主役交替を果すべく、プロデューサーはシナリオライターをおどしたりなだめたり、汗を流す。

——美奈子は、「主役交替」を告げられてすぐ、そのまま衣装合せに引張って行かれた。

主役の衣装も、当然大倉あゆみのイメージと寸法に合せてある。それを全部、美奈子向けに作り直さなくてはならない。

ヘアスタイルも顔のメイクも、「主役」と「脇役」では全く違う。

美奈子は、半信半疑の状態のまま、鏡の中の自分がどんどん変っていくのを、呆然として眺めていた……。

「さあ、次は尾田《おだ》さんに挨拶だ」

と、マネージャーの久保が言った。

久保はすっかり張り切っている。何といっても売れっ子の担当をするのと、さっぱり芽の出ないタレントの担当をするのでは大違いだ。

「これを機会に一気にのし上るんだ！」

と、美奈子以上に舞い上っていた。

「ね、久保さん」

と、美奈子は移動するタクシーの中で言った。

「何だい？」

「私、お腹空いたわ。何か食べさせてよ」

そう言われて、久保は目をパチクリさせ、

「そうか！　すっかり忘れてたな。俺も腹ペコだ」

と、自分で笑い出した。「よし、途中で何か食べよう。何がいい？」

いつもなら、「菓子パンですませとけよ」と、ケチなことを言う久保が、美奈子の好みを訊いてくれるのも、「主役」のご利益だろう。

しかし、そうのんびり食べてはいられない。二人は、手早く出してくれるパスタの店へ寄った。

いい店で食事するのは、制作プロダクションやTV局で持ってくれるときに限られている。

「――社長だ。――はい、もしもし、久保です」

食べているとき、久保のケータイが鳴って、久保は話しながら席を立った。

美奈子はホッとした。一人になることはめったにない。

早々とパスタを食べ終えて、コーヒーを飲みながら、美奈子はふとケータイを出して、栄田へかけてみた。

「――もしもし」

「市川美奈子。ごめんなさい、寝てたのね、まだ」

「いや、もう起きるところでした」

と、栄田は言った。「珍しいですね。こんな時間に」

「あのね、今日TV局のスタジオで居眠りしてて、あなたの夢を見たの」

「夢？」

「ええ。そしたら、そのすぐ後にね、凄くいいことがあったの。何だと思う？」

少し間があって、

「ドラマの主役になった。違いますか？」

美奈子は唖然《あぜん》とした。

「どうしてそれを知ってるの？」

「いや——僕も夢を見たんですよ、あなたの」

「私の夢？」

「その中で、ドラマの主役の子が麻薬で捕まって、代りにあなたが主役に……」

「その通りよ。——こんなことって、あるの？」

「分りませんね。偶然かもしれない」

「まさか」

「ともかく、おめでとう。頑張って」

「ありがとう。あ、切るわね」

久保が戻って来るのを見て、美奈子は急いでケータイをしまった。

「今度のドラマのスポンサーから、CMの出演依頼だ。この調子でいくぞ」

久保はすっかり上機嫌である。「大倉あゆみで、もうCMを撮り終えてたらしいんだ。使えなくなって、こっちへ回って来た」

「CMまで、あゆみさんの代り？」

「まあ仕方ないさ。すぐ他からも話が来るよ。何しろCMが一番効率良く稼げる」

久保の言っていることは、美奈子も分っていた。

美奈子の言葉を、久保は誤解していたのだ。美奈子は、「大倉あゆみの代役」であることが不満だったのではない。

大倉あゆみが気の毒だったのである。

ドラマの主役だけでなく、ＣＭも降ろされてしまう。本人のせい、と言ってしまえばそうかもしれない。

しかし、いつも人に見られて生きるアイドルとしての暮しは、周囲の人には想像もできないほどのプレッシャーである。

これまでの美奈子のように、「中堅どころのアイドル」でさえ、ストレスは小さくない。

――美奈子は、自分がこれからどうなるのか、恐ろしかった。

「――さあ、食べ終ったら行こう！」

と、久保がせかす。

「ちょっと待って。トイレに行かせて」

「早くしろよ」

と、久保は渋い顔で、「支払いして、出てるからな」

――美奈子は、化粧室で洗面台の鏡を見ると、軽く息をついた。

でも、どういうことなんだろう？

栄田が、夢の中ですべてを見ていた。そんなことがあり得るのだろうか？

大倉あゆみの逮捕は、もうニュースとして流れているかもしれない。しかし、ドラマの主役に美奈子が選ばれたことは、誰も知らないはずだ。

特に、業界の人間でもない栄田が、なぜ知っていたのか。

夢……。私は栄田さんと「夢」でつながっている。

そう考えると、美奈子は胸が熱くなった。

あの人は、私にとって特別な人。そして私もあの人にとって、特別な女なのだ。

でなければ、同じ夢を見るはずがない。そして、それが現実になるなんて……。

美奈子は鏡の中の自分を改めて見直した。

あの人に認めてもらおう。

そう。そのために、このドラマの主役を成功させなくては。

美奈子は背筋を伸し、深く息をついた。

息をする度《たび》に、美奈子の胸には栄田の面影が満ちていくようだった。


言うべきではなかった……。

栄田は、ベッドの中で、ぼんやりと天井を見上げていた。

市川美奈子が心細い思いでいること。それは電話を通じて聞こえてくる声でも分った。

だからつい、夢の話をしてしまったのだ。少しでも美奈子を元気付けられるかと思ったのである。

しかし、美奈子があの話をどう受け取ったか、栄田には想像がつかなかった……。

「やれやれ……」

と、栄田は呟いた。「俺はどうしちまったんだ?」

幽霊と話をしたり、自分も幻のように透明になって、人の住《すま》いの中へ入り込んだり、そして夢を通して、他の誰かのそばへ——。

「そうか」

と、ベッドに起き上った。

それらが関係ないわけがない。——美奈子と夢を共有し、いわばその夢を通って、彼女のそばで起っていることを見ていた。

すべては、きっとあの少女のせいなのだ。

こんなことはもう沢山だ！

栄田は、もう一度あの少女に会って、こんなことが起らないようにしてもらおう、と思った。

そんなことが可能かどうか。——しかし、そう要求しよう。

「もう起きてた？」

突然恵美が顔を出したので、栄田は仰天した。

「——びっくりさせるなよ！」

「ごめんなさい」

恵美は笑いをこらえて、「でも、玄関から入って来るときに、ちゃんと声をかけたのよ」

「そうか？　気が付かなかった」

「恭子ちゃんは？」

「出かけたよ。——どうしたんだい、こんな時間に？」

「打合せが流れて、一時間ほど暇になったの」

と、恵美はベッドに腰をおろした。

「そうか。——ここへ入れよ」

「でも……。恭子ちゃんが帰って来るかも」

「あいつは夜まで帰らないよ」

「恭子ちゃん、私のことをどう言ってた？」

「どうって？」

「妹から見れば、すてきなお兄ちゃんを盗った女だわ」

「買いかぶりだ」

と、栄田は笑って、恵美を引き寄せた。

恵美は栄田にキスして、

「ひげが痛いわ……」

と言った。

野口《のぐち》が店に入って来た。

一目見て、恭子は、東京へ出て来たことが失敗だったと悟った。

それでも何とか笑顔を作って手を振った。

「——やあ」

野口は、恭子の記憶の中より一回り太っていた。

「元気？」

「何とかね。――コーヒー」

と、注文すると、「仕事中で、あまりゆっくりしてられないんだ」

「分ってるわ。ともかく顔が見たくて」

「今、どこにいるんだい？」

「兄の所。仕事見付かるまではいるつもりよ」

「君――本当に東京に出て来ちまったのか」

野口は呆れたように、「来られても、僕は忙しいんだ。そう度々会えないぜ」

「うん。――分ってる」

恭子は何とか肯いて見せ、「あなたのことだけじゃないの。東京で働きたかったし……」

「そうか」

野口忠司《ただし》は、恭子と目が合わないようにしていた。

営業マンの野口は、年に何度か恭子の住む町へやって来て、その都度《つど》二人は会っていた。

野口はよく、

「君も東京へ来いよ。年中会えるし、仕事は僕が探してやるから」

と言ってくれていた。

恭子がその言葉を信じて出て来てもふしぎではない。

しかし、それは野口の「営業用のお世辞」だったのだ……。

野口はコーヒーを飲みながらも、

「仕事を世話する」

とは決して言わなかった。

恭子は苦い思いを、じっとかみしめていた……。

数人の取り巻きに囲まれて、尾田恭平《きょうへい》がやって来た。

市川美奈子は、真直ぐに背筋を伸して、尾田が近付いて来るのを待った。

「尾田さん」

久保が声をかける。「恐れ入ります。尾田さん」

「おい、勝手に話しかけるな！」

尾田のそばにいた一人が怒鳴りつけた。

「先ほどご連絡申し上げた、市川美奈子のマネージャーですが」

尾田が足を止めた。

「ああ、大倉あゆみの代役か」

久保が手招きする。美奈子は急いで尾田の前に進み出ると、

「市川美奈子です。よろしくお願いします」

と、ていねいに頭を下げた。

尾田恭平は、年齢からいえば美奈子とそう違わないはずだ。しかし、人気の点では、天と地の差がある。

「よろしくね」

尾田は、笑顔で美奈子と握手すると、「今まで撮ったところで、気に入ってないのがいくつかあるんだ。やり直せて嬉しいよ」

と言った。

「明日、午前十時に記者会見です」

と、尾田のマネージャーが言った。

「じゃ、明日また」

と、尾田は肯いて見せ、さっさと行ってしまった。

「——ああ、ドキドキした」

と、美奈子が息をつく。「でも、いい人ね」

「そりゃご機嫌さ」

「どうして?」

久保は、美奈子と二人でTV局の廊下を歩きながら、

「尾田も人気はあるが、このところドラマの視聴率が良くない。今度のドラマは完全に大倉あゆみが主役で、尾田は二番手だった。それで、尾田はむくれてたのさ」

「じゃあ……」

「あゆみが降板して、今度は自分がトップだ。愛想がいいのも当り前さ」

美奈子は肯いて、

「そんなものなのね」

と言った。

「ああ。他のタレントの不幸は我が身の幸せ。——ちょっと待ってろよ」

久保は、誰かTV局のお偉方の一人を見付けたらしく、駆けて行った。

美奈子はそれを眺めていたが、ケータイが鳴って、

「——はい」

と出ると、

「市川美奈子君だね」

「はい、そうですが……」

「さっき会った東野だ」

大倉あゆみの所属事務所の社長だ。

「あ、どうも」

と、あわてて言うと、

「今、マネージャーは?」

「そばにはいません。呼んで来ましょうか?」

「いや、いい。君と話したかったんだ」

「はあ」

「今回のことでは迷惑をかけたね」

「いえ、そんな……」

「前から君には目をつけていた」

思いもかけない言葉だった。

「それはどうも……」

「実はね、君にうちの事務所へ来る気がないかと思って」

美奈子は唖然とした。

「いえ、そんな……。でも、社長が……」

「こう言っては失礼だが、今の事務所は、君にとってプラスにならない。もし、うちへ来る気があれば、私がうまく話をつけるが、どうかね」

どうかね、って言われても……。

「あの……ありがたいお話だと思いますが、私がご返事するわけにも――」

と、美奈子が言いかけると、

「じゃ、誰が返事をするのかね？」

と、東野は訊いた。

「それは……」

「君の所の社長は、君で商売ができる限り、君を手放そうとしないだろう。君がいらなくなったら、喜んでどこへでも出すだろうがね」

「はい……」

「いいかね。タレントも一人の人間だ。自分の夢や希望を持っている。違うかね？　君は、どんな仕事でも、ＴＶに出られて有名になればそれでいいのか」

美奈子はハッとした。

「いえ、そんなことはありません」

「私もね、君がその手の使い捨てのタレントで終りたくないだろうと思ったよ」

「はい」

「今度のドラマは、君にとって大きなチャンスだ。役者として注目されるように頑張るんだよ」

「はい。あの――」

「何だね？」

「今、共演する尾田恭平さんにご挨拶したんですけど、ドラマが尾田さん主役のように書き換えられてしまうことってないでしょうか」

言いながら、自分でもびっくりしていた。

「なるほど。あそこはそれくらいのこと、やりそうだな。分った。私の方からプロデューサーへ釘をさしておく」

「ありがとうございます」

「今の話、考えておいてくれ」

「はい」

「このケータイは私個人のものだ。いつでもかけてくれて構わないよ」

と、東野は言った。「いいかね。君は階段に足をかけている。着実に上って行くんだ。今がそのチャンスだ」

「分りました」

「仕事の話は別として、一度食事でもしよう。どうだね？」

「ありがとうございます。喜んで」

通話が切れると、美奈子はしばらく手にしたケータイを見ていた。

「――あの人は編成に顔がきくんだ」

久保が戻って来た。「電話か？」

「いいえ、メール。お友だちから」

「ドラマのことはまだ言うなよ。行こう」

「ええ」

美奈子は力強い足どりで歩き出した。

「自信」が、その足どりに現われていた。

6　乱れる

野口がエレベーターから降りて来た。

恭子は、ロビーの柱にもたれるようにして、野口と目が合わないようにしていた。

しかし、実際にはそんな心配はなかった。

五時を過ぎて、帰宅するサラリーマン、ＯＬが続々とエレベーターから出て来る。ロビーで人待ち顔の女性も五人や六人ではなかったのだ。

野口は、いつもあの故郷の町で恭子と会っているときのような愛想のいい、人なつっこい笑顔はどこへやら、今は苦虫をかみつぶしたような、「疲れたサラリーマン」の顔をしている。

恭子が東京へ出て来てしまったせいではあるまい。――恭子は、野口がほとんど彼女のことなど忘れかけていたのだと察していた。

「おい、野口！」

と、コートをはおった年輩の男性が、ビルを出ようとする野口を呼び止めた。

振り向いた野口が、パッと「仕事用」の笑顔になった。

「北崎《きたざき》課長、何かご用で……」

「『何かご用』じゃない。今日、午後に時間を取ってくれと言ったろう」

北崎という男の口調は厳しかった。

「申しわけありません！　実は親戚の子が急に田舎から出て来まして……。相談にのってやっていたら、いつの間にか時間が……」

聞いていていて、恭子はおかしかった。あれはどうやら恭子のことらしい。

「ともかく、いつまでも引き延しとくわけにいかないんだ」

「ええ、ですからそれはもう――」

「あの金は経費じゃ落ちないよ。どう説明しても納得しちゃもらえない」

「でも――それじゃ困るんです。私が立て替えた分がもう十五万も――」

「困るのはこっちだよ。大体、君は都内を回るのにもタクシーを使って、タクシー代を請求してくる。今、うちにはそんな余裕なんかない。分ってるだろう」

「はあ……。しかし、色々疲れていて……」

「疲れてるのは、誰も同じだよ」

と、北崎は素気《そつけ》なく言った。「いいかね。これまでは目をつぶって来たが、今度はだめだ」

「そんな……。北崎さん、お願いですよ。今度だけ何とかして下さい。あれがないと冬のボーナスの分が……」

「君の前借りや、ギャンブルの借金のことまで面倒はみられないよ」

北崎ははねつけて、「いいね。もし文句があるのなら、部長へ直接言ってくれ」

「それは……」

「それだけだ」

北崎がさっさとビルを出て行く。

野口は舌打ちすると、

「ふざけやがって！」

と、吐き捨てるように言って、ビルを出て行った。

恭子は、すぐその後からビルを出たが、一瞬、野口を追おうとした足はすぐに止り、反対の方へ歩いて行った。

少し急いで歩くと、北崎という男の背中が目に入った。

北崎が横断歩道の赤信号で足を止めると、恭子はそのすぐ横に立った。

「すみません」

と、恭子が言うと、

「――僕？」

「ええ。野口さんと同じ会社の方ですね」

「野口って……」

「ちょっとお話ししたいんですけど、いけませんか」

北崎は、少しの間恭子を見ていたが、

「信号が青になった。向うへ渡ったところに、喫茶店があります。コーヒーがなかなかおいしくてね」

と言った。

「はい」

――恭子は、コーヒーを飲みながら北崎に野口とのことを話した。

「野口の奴……」

北崎はため息をつくと、「同じ社の人間としてお詫《わ》びします。申しわけない」

「いえ、いいんです」

と、恭子は首を振って、「私も子供じゃありません。自分の責任でやったことです」

「しかし、野口はあなたを騙《だま》したわけだし」

「信じる方が馬鹿です。ただ――あの人、私に自分が〈G製薬〉の営業課長だと言ってましたわ」

「課長だなんて。――一時、係長だったけど、それも降格されて、今は何の肩書もないですよ」

「そうですか」

「以前から、仕事と個人のけじめのつかない奴でね。何度か、自分の飲み食いの代金を接待費用につけて注意されているんです」

「じゃ、きっと向うでホテルに泊ったときも、会社に払わせてるんですね」

「ええと……栄田さんでしたか」

「栄田恭子です」

「野口は、他にも社内の女の子に手を出して問題になったことがある。あんな奴のことはお忘れなさい」

「はい」

「野口には奥さんと娘さんがいる。——夫婦の間は冷え切っていると聞いたこともありますが」

「よく分っています」

と、恭子は肯いた。「でも、私も今さら故郷へ帰る気にはなれません。あの——図々しいお願いで申しわけありませんが」

「何でしょう」

「私にできる仕事はないでしょうか。特別な技術は持っていませんが、パソコンは一応使えます」

「ああ、なるほど」

北崎は肯いた。「——いや、野口の代りに罪滅ぼしをしなくてはね。何か探してみましょう」

「ありがとうございます」

と、恭子は礼を言った。

少し間があって、

「どうです、食事でも？」

と、北崎が言った。


「昨夜はどうも……」

〈Kヒルズ〉の入口で、いきなりそう言われて栄田雄一郎は戸惑った。

「いえ……」

と言ったが、「ええと……失礼ですが……」

そう言いかけて、栄田はハッとした。

あの手首を切っていた、香川友代だ。

「あのときはご迷惑をおかけして」

そう言われても、答えようがない。

——栄田は、〈Kヒルズ〉に出勤して来たところである。

制服姿で見慣れている栄田を、私服でいるのに、よく見分けたものだ。

「お急ぎでしょうか」

と、香川友代は言った。

「いえ、まだ……」

「ちょっとお茶でもいかが？」

友代は、昨夜とは打って変って、明るく、別人のようだった。

栄田は、迷ったものの、結局若者に人気のカフェに一緒に入った。

友代は、席につくと珍しそうに店の中を見回して、

「私、初めてなんです、ここに入るの」

と言って笑った。「ここに住んでるのにね。おかしいでしょうけど」

「いや、そんなものですよ」

と、栄田は言った。

二人はコーヒーを取って、しばらくは黙って味わった。

「――コーヒー一杯の値段じゃありませんわね」

と、友代は言った。

「まあね。いくら物価が高いといっても、外国人のお客などは目を丸くしますよ」

中には、伝票を一桁打ち間違えている、と本気で注意する人もある。

「――栄田さん、でしたね」

「はあ」

「お名前が分らなくて、受付の方に聞きました。失礼でしたけど」

「普通、夜警の名前なんて、憶えていませんよ」

「そうでしょうか。でも、私は特に人の名前や顔を憶えないんです」

「それは必要がないからですよ。仕事でどうしても憶えなきゃならなくなれば、ちゃんと憶

えるものです」

「そうおっしゃっていただけると……」

友代はそう言って、穏やかな微笑を浮べた。「栄田さんはやさしい方なのね。受付の女の方も、皆さんそうおっしゃっていたわ」

「やさしいだけじゃ、一向にもてません」

「栄田さん……」

友代は、カップを置くと、少し改って、「あのときのこと……他の人に黙っていて下さる？」

「ええ、もちろんです。入居者のプライベートなことを口外しない、というのは何より大切な原則です」

「ありがとう」

友代は、ちょっと目を伏せて、「きっと——私が自分でやったと——自分で傷つけたと思っておいででしょうね」

栄田が黙っていると、友代は続けた。

「そうではないんですの。本当に、うっかりして切ってしまったので」

「傷の具合はいかがですか」

「ええ、大したことはありません」

と、友代は首を振って、「あの人は……」

「ご主人のことですか」

「主人は、社会的な評判が大切なんです。妻が自殺未遂を起したなんて、もし噂が立ったら……」

友代は頭を下げて、「どうか、そんなことは避けたいんです」

「奥さん。ご心配には及びません」

「本当によろしくお願いします」

――夫の評判に傷がつくことを恐れている友代。

栄田は、もしここで、

「ご主人は、平山医師と組んで、あなたを自殺させようとしてるんですよ」

と言ったら、どうなるだろう、と思った。

「ご主人には女がいるんですよ……」

と言ってやれたら。

「主人は、一見冷たそうで、損をしていますの」

と、友代が言った。「でも、やさしい、いい人なんです。私の身を、とても心配してくれて」

目を覚ましなさい、と言ってやりたい誘惑を、栄田は必死でこらえた。

むろん話したところで、友代は信じないだろう。それに、どうしてそんなことを知っているのか、説明のしようもない。

「お話できて、良かったわ」

と、友代は言った。「栄田さん、お一人で暮してらっしゃるの」

「一人だったんですが、今、妹が上京して来ていましてね。居候《いそうろう》を決め込んでいます」

「まあ、妹さんが。――可愛いでしょうね」

と、友代は微笑んだ。

もし、この人が殺されたら……。

栄田は、それを止めることができなかったら、一生悔むだろう、と思った。

何とか――何とかして、香川に思い止まらせるのだ。

「私にも妹がいます」

と、友代が言った。「腹違いで、ずいぶん年齢《とし》が違うんですけど」

「東京においでですか」

「いいえ。でも、出て来ますわ。二、三日の内に。この〈Kヒルズ〉を見たことがないので、前から来たがっていたんです」

と、友代は言って、「そうだわ。栄田さん、この中を案内してやっていただけませんかしら」

「私がですか？」

「住んでいるくせに、私にはよく分らないんですもの」

と、照れたように、「ね、お願いします」

「まあ、ザッとご説明するくらいのことでしたら」

「嬉しいわ。お願いします。ぜひ」

栄田は、ふとその妹と話すことで、事態を変えられるかもしれない、と思った。

「分りました。おいでになったら、ご連絡下さい」

と、栄田は言った。「妹さんは、何とおっしゃるんですか?」

「徳山愛《とくやまあい》と申します。〈徳山〉は私の旧姓で。——何しろ、まだ二十五歳なんです」

「お若いんですね」

「父が、とても若い後添《のちぞ》えをもらったものですから」

「愛さん、ですね。憶えておきましょう」

「どうかよろしく」

母親が違うとはいえ、友代が妹を可愛がっていることは、その言い方からも、よく分った。

栄田は自分のケータイの番号を友代に教えた。

「ここは私が——」

友代は伝票を取って言った。「お話を聞いていただいたんですから」

「では、ごちそうになります」

栄田は、少なくとも友代と話ができて良かった、と思った。


「山神さん」

栄田は、エレベーターの前で、〈警備室〉の山神と会って、声をかけた。

「え?」

振り向いた山神は、栄田を見てホッとしたように、「ああ……。ご苦労さん」

栄田は、ちょっと眉をひそめて、

「顔色が悪い。大丈夫ですか?」

と訊いた。

「ああ……。ちょっと疲れてね」

山神は弱々しく微笑んだ。

「休んだら? 誰か代りはいるでしょう」

「いや、何とか……。もう少しすりゃ、頭もスッキリしてくる」

エレベーターが来て、二人は乗り込んだ。

「——凄いもんだな」

と、山神はエレベーターの中で言った。「こんな、小さな街一つぐらいのものを作っちまうんだから」

「ああ」

「こんな所に住む奴もいる。家賃は百万もするんだぜ。——世の中、色々だな」

「うん……」

栄田は、ちょっと目がおかしくなったのか、と思った。

エレベーターの中は二人きりだ。

そして、明るく照明が点いているのに――。

山神のいる辺りが、いやに暗く見えていたのである。

そんなことがあるのか？

よく見ると、そこが暗いのではなく、山神が、暗い影のようなものに包まれているのだった。

「山神さん」

「何だい？」

栄田はゾッとした。

分った。――山神を包んでいるのは、「死」の影だった。

山神は死ぬのだ。

「今日は休んで、病院へお行きなさい」

と、栄田は言った。「悪いことは言わないから、そうして下さい」

栄田の強い口調に、山神はちょっとびっくりしたようだったが、

「心配してくれてありがとう」

と微笑んで、「明日は休みだからね。明日行ってみるよ」

――どうしようもないのだろう。

もう、山神は死ぬと定められているのだ……。

「用心して下さい」

栄田は、そう言ってやるしかなかった。


十二時を少し回って、栄田は〈広場〉へ出てみた。

昼間のにぎわいが嘘のように静かだ。

妹の恭子からケータイに電話があって、友だちと食事して帰る、とのことだった。

もう子供ではない。「友だち」が、どんな子なのか、それとも「男」なのか……。

栄田には知りようもない。

「栄田さん!」

と呼ぶ声が響いた。

市川美奈子が駆けて来る。

「やあ。おめでとう」

「ありがとう!」

美奈子は輝いていた。

「――きれいだ」

と、栄田は素直に言った。

「照れるわ」

と、美奈子は肩をすくめた。「メイクとか、変ったからでしょ」

「それだけじゃない。中身から輝いてるんですよ」

「嬉しいわ」

美奈子は、栄田の腕を取って、「ね、お祝いに一杯付合ってくれない？」

「仕事中です」

「そうね。——栄田さん」

「あの夢はふしぎでしたね。でも、世の中にゃ、わけの分らないことがある。そうでしょう？」

「恋だって、わけの分らないものよ」

と、美奈子は言った。「お願いを一つだけ聞いて」

「何ですか？」

「そんな口のきき方、やめて」

と、美奈子は言った。「友だちでしょ。——恋人になって、とは言わない。でも、せめて、友だちとして話をして」

栄田はちょっとため息をつくと、

「仕事時間の間は、そういうわけにいきません。仕事がすんだら、ということで」

「分ったわ。頑固ね」

と、美奈子は笑って、「でも、そういうあなたが好き」

と、素早く栄田の頰にキスすると、

「明日、記者会見なの。――おやすみなさい!」

駆け出して行く美奈子を見送って、栄田は重苦しかった気分が救われた気がした。

美奈子には、忙しい「人気者」の日々が待っている。

その内、栄田のことなど忘れていくだろう。

栄田は、背筋を伸して、巡回を続けた。

栄田は足を止めた。

ケータイが鳴ったのである。――こんな時間に?

「もしもし? ――どなた?」

仕事柄、出ないわけにもいかない。登録していない相手からだ。

何か低い呻《うめ》き声のようなものが聞こえた。

「もしもし? ――誰です?」

と、くり返してみたが、返事はない。

いたずらか。肩をすくめて、栄田はケータイを切ってポケットへ入れたが……。
二、三歩行って、ハッとした。
もしかして――山神か?

万一、発作でも起していたら……。

放ってはおけない。

栄田は駆け出した。――業務用のエレベーターで〈警備室〉のフロアへと急ぐ。

かなりのスピードなのだが、ずいぶんのんびりと感じられた。

〈警備室〉へ入ると、他のスタッフが欠伸しながらTVを見ていた。

「山神さんは？」

と、栄田は訊いた。

「山神さん？　さあ……。モニタールームだろ」

栄田が急いで奥へ入って行く。

「どうかしたのか？」

と、スタッフが立ち上ってやって来た。

やはりそうか。

TVモニターの並んだ壁面の前で、山神が床に倒れていた。その右手に握られたケータイは、まだかけた状態のままだった。

「救急車を呼んで下さい！」

と、栄田は叫んだ。「山神さん！　山神さん！　しっかりして！　聞こえますか？」

大声で呼ぶと、山神がかすかに目を開いた。

「まだ意識がある！　早く救急車を！」

ぼんやり突っ立っていたスタッフが、あわてて自分の机へと戻って行く。

「よくケータイにかけましたね。もう少し頑張って」

と呼びかけると、山神が唇を動かした。

「——何です？　——え？　女の子？」

女の子が、ケータイをかけてくれた、と山神はかすかな声で言っていた。

女の子って……。

栄田は顔を上げた。あの少女が、目の前に立っている。

「君が？」

「あなたのためにね」

と、少女は微笑んだ。「その人、もう少し生きていられるわ」

「ありがとう！」

やがて救急隊員が駆けつけて来て、山神を運んで行った。

栄田はホッと息をついた。

汗がシャツを背中にじっとりと貼りつかせていた。

「よく分りましたね」

と、隣室にいたスタッフが感心している。

「いや、山神さんの声らしいと思ったんでね」

と、栄田は言った。「ともかく間に合って良かった」

そして、ふと思い付くと、

「山神さんの家族は？　連絡した方がいいでしょう」

「調べてみます」

「よろしく。僕は巡回しなきゃいけないから」

後を任せて、栄田は〈広場〉へと向かった。

くたびれてはいたが、少し爽やかな気分だった……。

7 会見

膝が震えた。

記者会見など、出たこともない。市川美奈子にとっては、いわば「初舞台」である。

「大丈夫だ。デンと構えてろよ」

と、マネージャーの久保が言った。

しかし、言った当の久保が青ざめて顔がこわばっていた。

控室には、まだもう一人の主役、尾田恭平が来ていなかった。

ドアが開いて、大倉あゆみのプロダクション〈R〉の社長、東野が入って来た。

美奈子は弾かれたように立ち上って、

「おはようございます!」

と、頭を下げた。

「ご苦労さん」

と、東野はゆったりと、「まあ座って。落ちつくんだ。今回の主役は君だからね」

「はい……」

「しかし尾田さんがみえるんですから――」

と、久保が言いかけると、

「尾田は来ない」

と、東野が言った。

「――え?」

美奈子が目を見開いて、「でも昨日お会いしたときに――」

「今日はあくまで主役交替についての会見だ。ドラマそのものの制作発表はすでにやっている。今日は君一人だ」

美奈子は、ますます青ざめた。

「心配いらんよ。そう意地悪な質問は出ない」

と、東野が微笑んで、「私が専《もっぱ》らしゃべるから、君は真直ぐカメラを見返していればいい。ただし、そんな怖い顔でなく、笑顔でね」

美奈子は、ちょっと笑った。

「――大倉あゆみさんはどうなったんですか?」

「ゆうべ遅く、保釈になった。もちろん保釈金も積んだがね」

「また――芸能界に戻れるでしょうか」

「当分は無理だろうね。しばらくはおとなしくして、忘れられるのを待つしかない」

「大変ですね」

——美奈子は、東野の穏やかな目が自分の方へ向いてくるのを、何となく受け止められずに、目をそらしてしまった。

東野から、自分の事務所へ来ないか、と言われていることを、美奈子はもちろん誰にも話していない。

それを聞いたら、久保なんか気絶してしまいそうである。

「あゆみのことが気になるかね」

と、東野が言った。

「ええ、やっぱり……。何だか気が咎めるんです。人の不幸で、幸運を手に入れたみたいで」

「それが芸能界というものだよ」

と、東野は静かに言った。「それに、あゆみの場合は、自分が悪い。不幸というのは当らないな。まあ、見付かったのが不運と言えばそう言えるかもしれないが。うまく立ち回って、決して捕まらないタレントも大勢いるからね」

そういう薬に頼らざるを得ないような精神状態に追い詰められていたのかもしれない、と美奈子は思った。

自分はどうだろう？　——いえ、決して。決してそんなものに手を出してはいけない。

自分のためにも、栄田のためにも……。

「あと十分だ」

と、久保が落ちつかない様子で、「ちょっと会場を見て来ます」

と、そそくさと控室を出て行った。


「私としては、何とかドラマの制作中止だけは避けたいと思いました」

と、東野が話している。「スタッフと話し合った結果、こちらの市川美奈子君なら、何とかやれるんじゃないかという結論になり、幸い、本人や所属事務所の方も了承してくれたので、本日の発表となったわけです」

せっせとメモを取る記者。TVカメラも何台も入っている。

会見の司会役の女性アナウンサーが、美奈子に発言を促した。

美奈子が背筋を真直ぐに伸して、一つ深呼吸をしてから、

「市川美奈子です」

と言った。

表情には緊張の色が抜けないが、声ははっきりして、震えてもいない。

内容は当りさわりのないもので、東野に教えられた通りだ。

「よろしくお願いします」

と、頭を下げ、司会者が、

「では、何かご質問があれば……」

と、水を向けると、二、三のTVリポーターが手を上げた。

これは前もって東野の方から頼んでおいたもので、

「主役は初めてですが、何か抱負は」

とか、

「共演の尾田恭平さんについてはどんな印象を？」

といった「やらせ」の質問。

当然、回答も頭に入っているので、スラスラと出て来る。

司会者は、予《あらかじ》めここで質問を打切ることになっていた。

「では、時間もありませんので――」

と言いかけたとき、

「あと一つだけ！」

と、若い女性リポーターから声が飛んで、司会者が何も言わない内に、「市川美奈子さん、大倉あゆみさんの逮捕で、ラッキーな主役が転り込んで来たわけですが、あゆみさんに対する気持は？」

と、よく通る声で言った。

東野が顔をしかめて、

「あゆみについては、さっき私が話した通り――」

と言いかけた。

リポーターはそれを遮って、

「美奈子さんの、同じタレントとしての感想を伺ってるんです」

司会者も、思いがけない成り行きで言葉を失っていた。

「あの……」

美奈子は口ごもりながら、「あゆみさんとは、個人的にお話ししたこともなくて……」

「でも、同業者として、何か感じたことはあるでしょう?」

「ええ、あの……」

「それを素直におっしゃっていただければいいんですよ」

「はあ……。確かにお話を伺ったときはびっくりしました。でも、事情が事情なので、気が咎めたのも本当です」

美奈子自身の言葉で話している。――記者やカメラマンも、熱心に聞き入った。

注意が美奈子一人へ集中し、誰も気付かなかった。

コートをはおり、サングラスをかけた女が、会場の壁沿いにゆっくりと進んで来ていることに。

「――でも、制作中止になれば、大勢の方の努力がむだになるわけですし……」

と、美奈子が続ける。

「もういいだろう」

と、東野が苛々と言った。「この後、ドラマの収録があるので――」

東野にジロッとにらまれると、司会の女性アナがあわてて、

「では、これから写真撮影に移らせていただきます」

と、早口に言った。「セッティングをしますので、少しお待ち下さい」

会見のテーブルと椅子が片付けられ、カメラマンがどっと前へ出て来る。

「ちょっと、美奈子ちゃん」

メイクの女性が手招きすると、美奈子は壇から下りて、隅の方で、軽く汗を取り、髪を直してもらった。

東野が、司会の女性に、

「あのリポーターは何だ！　出入り差し止めにしてやる」

と、怒っている。

「──はい、これで大丈夫ね。あ、ちょっとスカートがしわになってる」

美奈子が後ろを向いて、スカートを直してもらっているときだった。

サングラスを外して、大股に美奈子へと近付いたコートの女は、

「あんたにはやらせない！」

と、叩きつけるように言った。

振り返った美奈子は、目をみはった。

「あゆみさん」

大倉あゆみだったのだ。

「あの役は私のものよ。あんたなんかにできるもんですか」

腰の辺りに、鈍い痛みを感じた。

「でも、あゆみさん……」

と言いかけて、美奈子はあゆみの手に握られたナイフに気付いた。

銀色の刃は汚れている。

「——美奈子ちゃん！」

メイクの女性が叫んだ。

腰へ手をやると、ヌルッと滑る感じがあった。手を見ると、真赤だ。

「血が……」

「あゆみ！　何をした！」

やっと、東野が気付いた。

「冗談じゃないわ！」

と、あゆみが言い返す。「約束してくれたじゃないの。私を守る、って。だからあなたに抱かれるのも我慢した。こんな女に役を取られるなんて！」

「よせ！」

防ぐすべはなかった。

正面から、あゆみはナイフをかざしてぶつかって来た。刃が美奈子の胸へ深々と刺さった。

「助けて！」

美奈子は叫んだ。

あゆみはくり返し、美奈子を刺した。たちまち美奈子の服が血に染っていく。

「誰か、何とかしろ！」

東野は怒鳴るだけで、動かなかった。

美奈子は膝の力が抜けて、ガクッと床へ崩れた。

大混乱になっていたが、もうその騒ぎも美奈子の耳から遠ざかりつつあった。

助けて……。お願い、助けて……。


死にたくない……。

──その声が、耳もとで聞こえたような気がして、栄田はハッと目を覚ました。

「夢か」

呼吸が荒く、心臓の鼓動も速い。

「まさか……今のは……」

今日は美奈子の記者会見があるのだった。

ベッドから出ると、栄田はリモコンをつかんで、急いでTVを点けた。

チャンネルを変えていくと、突然美奈子のアップが映った。

〈記者会見〉のテロップに、〈生中継〉の文字。

良かった！　無事でいる。

栄田は汗を拭いた。

「──あと一つだけ！」

という声で、栄田は息を呑んだ。
夢の中の、美奈子に質問したリポーターだ。
「大倉あゆみさんの逮捕で、ラッキーな主役が――」
夢の通りだ！
では、俺は現実より「何分か先」を夢に見ていたのか？
ということは……。
美奈子が刺される！
栄田はケータイを手に取った。
しかし――どこへかければいいのか？
記者会見がどこで開かれているか、栄田は知らないのだ。
美奈子のケータイ番号は聞いている。急いでかけてみたが、電源が入っていない。
当然だろう。会見の最中にケータイが鳴ったら大変だ。
誰に連絡すればいい？
あと一分か二分後には、美奈子は刺し殺されるのだ。
「美奈子！　気を付けろ！」
栄田は、思わずＴＶの画面に向って叫んでいた。
何とか――何か方法はないか。
一一〇番しても、信じてくれないだろう。

それに、説明している内に手遅れになる。

栄田はケータイを握りしめていた。

「では、これから写真撮影に移らせていただきます」

と、女性司会者が言った。

美奈子が一旦画面から消えた。

栄田は汗がこめかみを伝い落ちるのを感じた。――今、メイクの係の女性が、美奈子の顔を直している。

そして、ナイフを手に、大倉あゆみがすぐ近くに迫っているのだ。

しかし、栄田はTVを見ているだけで、どうしてやることもできない。

「誰か気が付け！　止めてくれ！」

と、TV画面に向って叫んでみても、空《むな》しい。

美奈子……。

せっかく手に入れたチャンスなのに、そのチャンスのせいで、短い命を散らさなければならないのか。

栄田は今にも会見場が大騒ぎになるかと息をつめて見ていた。

「――助けたい？」

突然、栄田の背後で声がした。

びっくりして振り向くと、あの少女が立っている。

「君……」

「あの子を助けたいでしょ？」

「ああ！　できるかい？」

「やってみてもいいわ」

「頼む！　助けてやってくれ！」

栄田は頭を下げた。「早く！　もう時間がない！」

少女が、ちょっと笑って、

「まだ時間はあるわ」

と言った。

「え？　しかし――」

戸惑った栄田はＴＶの画面へ目をやった。

全く別の番組になっている。そして画面の隅に、〈９：45〉の表示が出ていた。

「九時四五分……。じゃ、まだ記者会見は始まってないのか」

「急げば間に合うわ」

と、少女は言った。「私も、時間をこれ以上戻すことはできないの」

「ありがとう！」

「場所はＫテレビのホールよ」

言われて思い出した！　美奈子が主役交替の話を聞いたときの「夢」の中で、東野がそう言っていたのだ。

「そうだった！　Kテレビなら、この近くだ」

栄田は急いでパジャマを脱いで着替えると、アパートを飛び出した。

〈Kヒルズ〉へ行く途中に、Kテレビのビルがある。

栄田はタクシーを停めて、テレビ局へと向った。

十分ほどでKテレビに着く。

しかし——その〈受付〉で、栄田はハッと気付いた。

今のテレビ局は入館者を厳しくチェックしている。どう言えば入れてくれるだろう？

正面の大きなパネルには、〈10：07〉の文字が出ていた。記者会見は始まっているだろう。

しかし、

「市川美奈子が刺されるかもしれない」

などと言えば、ガードマンを呼ばれて、押し問答になるのは目に見えていた。

同じ警備員として、対応がどうなるか、想像がつく。

「——ご用でしょうか」

受付嬢が、栄田に訊く。

栄田は一瞬迷ったが、ここは自分の身分を利用するしかないと思った。

「市川美奈子さんの記者会見はもう始まっていますか」

と、栄田は訊いた。

「失礼ですが、どちら様でしょう?」

「市川さんがお住いの〈Kヒルズ〉の警備の者です」

と、栄田は身分証を見せた。

「あの――」

「〈Kヒルズ〉の市川さんのお住いで、異常を感知するセンサーが作動したんですが、中へ入るのに、ご本人の許可が必要なんです。お手間は取らせませんので、至急お目にかかりたいんですが」

これはもちろん出まかせである。しかし、何年も警備をやって来ただけのことはあって、栄田の言葉には現実味があった。

「はあ……。ですが、今、ちょうど記者会見の最中で……」

「お声をかける機会があれば。――どこでしょうか、会場は?」

「ホールです。この廊下を真直ぐ行った突き当りですが」

「ありがとう!」

栄田は駆け出した。

〈ホール〉という矢印を目で追って、必死に駆ける。――間に合ってくれ!

大きな両開きのドアが開け放たれていた。

カメラを手にした男たちの姿が目に入る。

「――これから写真撮影に移らせていただきます」

というマイクを通した声が聞こえた。

このすぐ後だ！

栄田はホールの中へ駆け込んだ。

椅子が並べられ、ステージはその奥だった。

栄田は椅子の列の間を通り抜けようとしたが、撮影のためにカメラマンたちが前へ出ようとして、通路をふさいでいた。

間に合わない！

栄田は焦った。あと何秒あるだろう？

とっさに、栄田は手近な椅子の上に上った。ステージの傍で、髪を直してもらっている美奈子の姿が見えた。

大声を上げても、このざわついた中では聞こえないだろう。

栄田は身をかがめると、隣の折りたたみ椅子を一つ取り上げた。

そして、頭上高く振り上げると、美奈子のそばに向って力一杯投げつけた。

椅子は床に落ちて大きな音をたてた。美奈子がびっくりして身をよじる。

コートの女が目に入った。

「気を付けろ！」

と、栄田は叫んだ。「美奈子！　ステージの方へ逃げろ！」

美奈子が栄田を見る。目が合った。

突然のことだったが、美奈子はすぐに栄田の言った通り、ステージへと駆け上った。

「あゆみ！」

東野が、大倉あゆみに気付いた。「何してる！」

大倉あゆみが、東野に向って何か叫んだが、栄田には聞こえなかった。あゆみの手にナイフが白く光った。

「やめろ！」

と、栄田は怒鳴ったが、自分で止められるタイミングではなかった。

そのとき――あゆみの前を遮ったのは、メイク係の女性だった。

あゆみのナイフがメイク係の女性の腹に突き立ち、たちまち血がふき出した。

メイク係の女性がお腹を押えて床に倒れる。

そして、ガードマンが二人、やっと駆けつけて来ると、ナイフを手に呆然と立ちつくす大倉あゆみを取り押えた。

記者会見の席は、たちまち大騒ぎになった……。

8　命

「さあ。――これを飲んで」

と、栄田は美奈子の手に、冷たい紅茶を入れた紙コップを握らせた。

「ありがとう……」

美奈子は、小さく肯いた。

病院の中は、いつも通りの光景である。

忙しく駆け回る看護師や医師。

「――もう、どれくらいいたったのかしら」

と、美奈子は言った。

「かれこれ……三時間かな」

栄田はそう言って、「君は――いいのかい、ここにいて」

「あの人を放って行ける？」

と、美奈子は手術室の扉へ目をやった。「私の代りに刺されたのに」

確かにその通りだ。

「君はあの人をよく知ってたの？」

「いいえ」

と、美奈子は首を振った。「いつもと違うメイクさんだったの。だから名前も知らない」

「そうか」

「でも、だからこそ——あの人が私を守って刺されたのが、辛くて」

おそらく、とっさのことで、あのメイク係の女性は、大倉あゆみの前にほとんど無意識に立ったのだろう。

しかし、その結果、美奈子は助かり、あの女性は重体でここへ運ばれて来た。

栄田が救急車に同乗すると、美奈子もマネージャーの久保が止めるのも聞かずに、一緒に乗って来たのだった。

「——栄田さん」

美奈子が、やっと口を開いて、「どうしてあそこに？」

栄田は、訊かれたらどう答えようかと散々考えていたが、何も思い付かなかった。

「——夢さ」

「夢？　また？」

「うん。どうやら予知夢というのかな、これから起ることを夢に見たりするらしいんだ」

「それで……」

「夢の中では、君が大倉あゆみに刺された」

「じゃ……あの人じゃなかったのね」

「うん。君を助けたくて駆けつけたんだ」

「ありがとう！」

美奈子が栄田の手を握りしめた。

そのとき、

「あそこだ」

という声が廊下に響いて、久保が大股にやって来るのが見えた。

美奈子は栄田の手を離すと、

「久保さん。病院の中よ。大きな声を出さないで」

と、立ち上って言った。

「君こそ、何だ！　勝手な真似をされちゃ困るよ」

と、久保は仏頂面である。

東野が少し遅れてやって来た。

「美奈子君。大丈夫か」

「はい」

「とんでもないことになった」

東野はため息をついて、「あゆみが、まさかあんなことをするとは……」

「あゆみさんは？」

「警察だよ。もう、我々にもどうしてやることもできない」

東野は手術室の方へ目をやって、「まだ分らないようだね」

「ええ。——お願いです。手術がすむまで、ここにいさせて下さい」

久保が苦《にが》り切った表情で、

「いくつもインタビューや取材が控えてるんだぞ。ここにいたって仕方ないじゃないか」

と言った。

「放って行けないわ。私の代りに刺されたのに」

「しかし、君のせいじゃない」

「待って下さい」

と、栄田は言った。「取材といっても、この事件があったんですから、ドラマの話だけですむわけもないでしょう。むしろ、この事件についての報道が一段落するまで待つ方がいいのでは？」

「素人《しろうと》さんは口を出さないでくれ」

と、久保はムッとした様子。

「いや、この方のおっしゃる通りだ」

と、東野が言った。「むしろ、今は美奈子君をマスコミ攻勢から守ることだよ」

「はあ……」

「ドラマどころじゃないわ」

と、美奈子は言った。「生きるか死ぬかの状態なのよ」

「いや、ドラマはやる」

と、東野は言った。「局とも話した。これで中止にしたら、それこそあゆみの願い通りだ」

「でも……」

「任せておきなさい」

と、東野が美奈子の肩を軽くつかんだ。

——栄田は、あの「夢」を思い出していた。

美奈子を刺したあゆみは、東野に向って、なじった。

「約束してくれたじゃないの。私を守る、って。だからあなたに抱かれるのも我慢した」

あゆみはそう言ったのだ。

夢の中だが、あれもおそらく「起ったはず」の真実だろう。

美奈子も助かったが、東野もまた救われたのだ……。

手術室のドアが開いて、手術着の医師が出て来た。

「——どうも」

汗で顔が光っていた。「手を尽くしましたが、出血が多くて……。心臓がもちませんでした。残念です」

死んだのか。——栄田は思わず目を閉じた。

美奈子が泣き出した。

誰とも、名前も知らないメイク係のために、泣いていたのである。

一日に二度の記者会見は、滅多にないことだろう。

それも、二度目は悲痛な表情の市川美奈子が、涙ぐみながらのものだった。

「沢井夏子《さわいなつこ》さんが私の代りに刺されて亡くなったのは、本当に残念で、申しわけないと思っています……」

さすがに、事情が事情なだけに、集まったリポーターたちも、ほとんど質問しなかった。

涙声の美奈子の傍には東野が座り、

「沢井夏子さんのご冥福を、心から祈りたいと思います。なお、市川美奈子君主演のドラマについては、予定通り、収録を進めます。それが、亡くなった方に報《むく》いることにもなると考えます」

と、沈痛な面持ちで語った。

ただ一つ、リポーターからは、

「大倉あゆみさんからは何か言って来ましたか？」

と、質問があったが、東野は、

「もう、彼女については警察が取調べに当っているので、私の方には何の情報も来ていません」

とだけ答え、記者会見は終った。

「――ちょっと化粧室で、顔を洗ってくる」

と、美奈子は久保に言った。

「分った。ここで待ってる」

久保は、控室で息をつくと、「――ご苦労様でした」

と、東野に頭を下げた。

「美奈子君はよくやった」

と、東野は言った。「もちろん、あれが彼女の本心だから人の心を打つんだ。こっちが下手に口を出せば、マイナスにしかならない。ドラマのことはちゃんと言っておいたしね」

「大丈夫ですかね。美奈子は大分プレッシャーを感じているでしょうが」

「始まれば、余計なことはすべて忘れる。役者とは、そんなものだよ」

この道何十年のベテラン、東野の言葉には説得力があった。

「――失礼します」

記者会見には、ホテルの会議室を借りたのだが、その控室のドアが開いて、ボーイが入って来た。

「何だね？」

「今、沢井さんとおっしゃる方が……」

「みえているのか。――ご案内してくれ」

殺された沢井夏子の両親に連絡を入れたのである。

少しして、ボーイに案内され、おずおずと髪のすっかり白くなった男が入って来た。

「沢井夏子さんのお父様ですね」

と、東野は進み出て、「ご連絡した東野です」

そして深々と頭を下げると、

「この度は、お嬢さんに、私の所のタレントがとんでもないことをしてしまいまして、誠に申しわけありません」

「はあ……」

父親は、まだ娘の死が信じられないのか、少し間の抜けた調子で答えた。「ごていねいにどうも……」

「お電話を差し上げたときに出られたのは、奥様ですか？」

「はい、さようで」

「ご一緒かと思ったのですが」

「それが……」

と、父親は少し口ごもって、「娘のことを聞いて、倒れてしまいまして……」

「それは……。重ね重ね、申しわけありません。大丈夫ですか？」

「もともと、体が弱いもので。救急車で病院へ運んでもらいまして。それで、こちらへ伺うのが遅れました」

「では今ご入院されて？　――おい！」

東野が呼ぶと、部下の一人が飛んで来る。

「こちらの沢井さんの奥様が救急車で運ばれて入院されている。ご一緒して、どこの病院か、症状や、看護が充分か、確かめてこい」

「はい」

「分り次第連絡しろ。もし、あまりいい病院ではないと思ったら、いつも俺のかかっているS病院へ連絡して、受け入れてもらえ」

「分りました」

「車は俺のを使っていい」

「はい。では沢井さん、参りましょう」

「はあ……」

父親は唖然としていたが、「色々ご心配いただいて……」

と、東野に礼を言って、東野の部下と一緒に帰って行った。

「——美奈子」

いつの間にか、美奈子が戻って来ていた。

「聞いていたのかね」

「はい。——お願いです。あの親ごさんに、充分なお詫びを……」

「もちろんだ。分っているとも」

と、東野は肯いて、「金ですむことじゃないが、むろん見舞金として、相当のものを考えるよ」

「お願いします。ドラマのギャラなんかなくてもいいですから」

「おい、美奈子——」

と、久保があわてている。

「君は優しい子だ。そんなことで気をつかう必要はないよ」

と、東野が美奈子の肩に手を置いて、「そういうことに気をつかわなくてすむようにマネージャーや、事務所の社長がいるんだからね」

「はい……」

「さあ、仕事だ。——打合せだろう？　遅れないで」

「はい」

美奈子は、本当なら沢井夏子の父親に向って、手をついて謝らねばならないと思っていた。しかし、一見して、父親があまりに老《ふ》け込んで、放心したような状態なので声がかけられなかったのである。

もちろん、あの父親はもともと老けていたのかもしれない。しかし、美奈子としては見るのが辛かったのだ。

そして、沢井夏子の母親までも倒れたという……。

「これ以上不幸になる人が増えませんように」

と、美奈子は口の中で呟くように祈った。

誰に？——信仰のあるわけでない美奈子は、いつしか栄田を心の中に思い描いていたのである。

「さあ、行こう」

と、久保に促されて、美奈子は「仕事」の世界へと、役者として歩み出していた。

栄田雄一郎は、コーヒーをゆっくり飲み干した。

〈Kヒルズ〉の中のコーヒーショップである。

ロビーに面した席からは、TV放送を映し出している、大きなディスプレイを望むことができた。

そこに、市川美奈子の記者会見の生中継が映し出されていたのである。——自分の代りに、メイク係の女性が殺されたことについて、美奈子は涙ながらに語っていた。

ロビーを足早に通り抜けて行く人たちの中にも、その中継に、足を止めて見入る人が少なくなかった……。

中継が終り、CMが流れ出すと、栄田は席を立った。

「あ、こんにちは」

レジの女の子は、栄田のことをよく知っている。「これからお仕事ですか？」

「うん」

「今、市川美奈子さん、出てましたね」

「ああ、そうだね」

と、代金を払う。

「あの人、ここに住んでるんですよね。会ったことあります？」

栄田は首を振って、

「誰が住んでるかは、言っちゃいけないことになってるんだ」

「あ、ごめんなさい」

——本当のところ、栄田一人が口をつぐんでいても、話は広まって行く。

しかし、栄田には、夜警としての立場というものがあり、その点にはこだわりたかったのだ。

ロビーへ出て、栄田は仕事の場へと向った。

——制服に着替えていると、

「栄田さん、いますか？」

と、呼びかける声がした。

「いるよ。今出て行く」

栄田はロッカールームから出た。

「お電話が入ってます」

と、女子事務員が言った。

「僕に？」

親しい相手なら、ケータイへかけてくるだろう。「誰から?」

「本多《ほんだ》さんって……」

「何だ、本多か。休みか?」

同じシフトで夜勤をつとめている若者である。栄田と違って、〈Kヒルズ〉の外回りを見るのが仕事だ。

「女の方なんです」

「女?」

「お母さんじゃないかしら」

本多は独身のはずだから、そうかもしれない。

「――はい、お待たせしました」

と、栄田が受話器を取ると、

「あの――私、本多竜介《りゅうすけ》の母でございますが……」

直感は当っていたわけだ。

「ああ、どうも」

「栄田さんでいらっしゃいますか」

「そうです」

「実は――息子がちょっと車で事故を起しまして」

「本多君がですか。それは……」

本多竜介は、確か二十四、五だ。車が好きで、国産だがスポーツカーに乗っていた。しかし、決して無茶な運転をするタイプではない。

「それで、けがは？　本多君は大丈夫なんですか」

少し間があった。「——もしもし？」

「息子は亡くなりました」

その言葉に、栄田はしばらく黙っていた。

「——亡くなった、とおっしゃったんですか？」

電話を取り次いだ女子事務員が、「エッ！」と、声を上げた。

「はい。ご迷惑をかけて……」

「いえ、そんなことはいいんですが。——どうしたんです？」

「息子が交差点で停っていたとき、居眠り運転のトラックに追突されまして、前へ押し出されたところへ、横からスピードを上げた車がぶつかったそうです」

「そうですか……」

「色々お世話になりまして」

「とんでもない！」

ちょっとお待ちを、と言って、栄田は動揺を鎮《しず》めようとした。

そして女子事務員の方へ、

「君、悪いけど……。代ってくれ」

「はい……」

「本多が死んだ。――お通夜とか、告別式の予定を、お母さんに訊いてくれないか。僕はちょっと……」

「分りました」

受話器を渡すと、栄田は椅子に腰をおろした。

いつしか、手にした制帽のつばを、折り曲げんばかりの力でつかんでいた。

「――栄田さん」

と、女子事務員がメモを渡す。

「ありがとう……」

メモを眺めて、ポケットへ入れた。

「今夜は仕方ない。残った者で見て回るよ」

「はい。――本多さん、気の毒でしたね」

「うん」

栄田は、深く呼吸をして、「じゃ、行ってくるよ」

足早にオフィスを出る。

あの電話から遠ざかりたかったのである。

――何という日だ。

と、思わず呟いた。

「死」が、こうもたて続けに……。
ロビーの人波が、どこか遠い国の風景のようだった……。

9　出会い

花なんか、買ったこともないが……。

しかし、相手の容態も分らないのに、食べるものなど買って行くわけにもいかない。

少々、きまり悪い思いをしながら、栄田はエレベーターを降りて、すぐ正面のナースステーションに行くと、

「山神さんは何号室ですか?」

と訊いた。

「山神さん……。ああ、右手の三つ目のドアです」

と看護師が教えてくれる。

「どうも」

その病室の入口に、確かに〈山神孝一〉という名札があった。

おかしなもので、山神が〈孝一《こういち》〉という名だと初めて知った。

そっと中へ入ると、空《から》のベッドが一つ。

「山神さんは?」

と、同じ病室の他の患者の所へ来ていた看護師に訊くと、

「今、検査ですよ」

という返事。「じき戻ると思いますけど」

「どうも」

栄田が、持って来た花をベッドのそばの小さな台に置いて、さてどうしようかと迷っていると、

「どなたですか」

と、声がした。

振り向くと、疲れた様子の女性。

「山神さんの奥さんですか」

「そうですが……」

「同じ〈Kヒルズ〉で夜警をしている栄田といいます。いつもご主人と……」

「ああ」

名前を聞いていたようで、「主人のことを知らせて下さった方ね」

と肯いて言ったが、ほとんど何の表情もない。

「というか、あの日はとても具合が悪そうだったので、気を付けていたんです」

「そうですか」

「あの……どんな様子ですか?」

「ええ。まあ——一応生きてはいます」

と、山神の妻は言った。「仕事はもう無理でしょう」

「そうですか……」

栄田は、山神の妻の態度からはっきりと、「早く帰ってほしい」という気持を見て取った。

特別に感謝してほしいとも思わないが、それにしてもその妻の素気なさはふしぎだった。

「お母さん、何か食べに行けば？——あら」

と、病室へ入って来たのは、山神の娘だろう。顔立ちが似ている。

栄田が挨拶すると、

「ああ、どうも。父がおかげさまで……」

と、礼を言ってくれた。

「仕事があるので、もう失礼します。山神さんによろしく」

栄田は、そう言って病室を出た。

エレベーターの方へ歩き出すと、

「あの……すみません」

と追って来たのは、娘の方で、「母があんな態度で、お気を悪くなさったでしょう」

「いや、お疲れでしょうしね」

と、足を止めて、「お父さんの具合はどうなんです？」

「何だかぼんやりしていて……。お会いしても、あなたのことが分るかどうか」

「そうですか」

「このまま寝たきりになるかもしれません。母はそれを心配していて」

「確かに、それは……」

「私はもう結婚して、夫も子供もいます。自分の生活だけで手一杯で……。すみません。母は――いっそあなたが助けてくれなければ良かったと思っているんです」

栄田にとって、思ってもみない言葉だった。

「つまり……死んでいてくれたら良かった、と？」

「ええ。それで保険も下りるし、家のローンも払えるし。でも、これから寝たきりで、もしかしたら何年もそのままかもしれないと思うと……。ひどい言い方だと思われるでしょうね。でも、現実に、どうやって食べていくか、母は不安なんです」

「どうやら、私は余計なことをしてしまったようだ」

と、栄田はため息をついた。「あのときは何とか助けたいとばかり思っていたのでね」

「ええ、それはよく分っています」

と、娘は急いで肯いた。「ただ、父は……。父が警官だったことはご存じですか」

「聞いたことがあります」

「なぜ父が警察を辞めたかは？」

「いや、それは知りません」

「お時間がおあり？　聞いていただきたいのです」

少し迷った。山神の人生について聞いたところで、栄田には何の関係もないことだ。しかし、栄田にも多少の好奇心がある。

「分りました。時間なら充分ありますよ」

と、栄田は言っていた。


「今は病院といってもモダンですね」

病院の地階にあるティールームに入って、コーヒーを飲みながら、栄田は明るい店内を見回した。

パジャマにガウンをはおった入院患者の客が目につかなければ、六本木辺りの店と変らない。

「――父は優秀な刑事でした」

と、山神の娘、牧和世《まきかずよ》は言った。「何度も表彰を受け、順調に出世もしていました。でも……その分、家庭は犠牲になり、普段の日はもちろん、休日も出かけていることがほとんどでした」

牧和世は肩をすくめ、

「そういう仕事だし、仕方ないと思っていました。でも――四十を過ぎたころから、仕事もうまくいかなくなり、酔って帰ることが多くなりました。そして、母を殴るようになったんです」

栄田は、ただ黙って聞いていた。

「私は滅多に殴られませんでしたが、それでも、母を殴る父を止めようとして、二、三度ひどく殴られたことがあります」

牧和世は半分飲みかけの紅茶を、スプーンでかき回しながら、「四十七、八のころです。父はある事件の捜査で知り合った女性と深い仲になりました。お酒はともかく、女性関係では問題を起したことのない父でしたけど、それだけに真剣になってしまって……。母が泣いて止めましたが、結局父は家を出て、その女と暮し始めました」

栄田の知っている山神からは想像もつかない。

「父は、それでも私たちにも生活費を送ってくれていました。その女との暮しもあるのですから、当然のことながらお金に困ったでしょう。麻薬の事件に絡んで内偵していた暴力団から、お金をもらってしまったのです」

牧和世は目を伏せて淡々と語っていた。「一度もらえば後は同じ。父は、警察の内部情報を洩らす代りに、かなりの額の現金を受け取っていました。でも、そんなことがいつまでも知れずにすむわけはありません……」

「それが知れて――」

「当然、父は警察を辞めさせられました。当時の上司が、父のことをよく知っている人で、父はクビになっただけですんだのです。ところが……」

と、少し苦笑して、「女と暮していたアパートへ帰ると、家財道具も何一つ残っていなかったそうです。女は、ありったけのお金を持って、他の男と逃げたのです」

「なるほど」

「父は……酔って帰って来ました。でも、母にひと言の詫びも言いませんでした」

「それで、お母さんは――」

「父は、その後は必死で働いていました。あの〈Kヒルズ〉の仕事も、運転手をしていて、あそこの偉い方に認められたのだそうです」

「知りませんでしたね」

「母は、父がアルバイト的な仕事にしかつけない何年もの間、パートや内職をして働いていました。――今も、父を許せないでいるんです。母の気持、分ってやって下さい」

栄田には、何とも返事ができなかった。

「よく分りました」

と、栄田はしばらくして、やっと言った。「私には、ただ同僚としての山神さんしか分りません。責任感が強くて、真面目な人です。もちろん、あなたやお母さんの気持は分りますが……。回復してくれると嬉しいですが」

「様子をお知らせしますわ」

栄田の渡した名刺を見て、牧和世は言った。「お見舞いただいて、どうも……」

「いや。では、これで。――ああ、これくらいは私が」

栄田は伝票を手に取った。

エスカレーターを上って、〈広場〉へ出る。

夜になって、〈Kヒルズ〉のにぎわう時間である。

今は一番昼の時間が短い。夕刻と思っていると、たちまち夜の闇がガラスの向うの窓を包む。

栄田は、沈みがちな気分で、〈広場〉を横切ろうとした。

「栄田さん！」

と、女の声が聞こえた。

足を止めて振り向いたが、すぐには誰の声か分らず、栄田は聞き間違えたかと思った。

「栄田さん！　良かったわ。お会いできて」

人の間から、香川友代が顔を出した。

「ああ、奥さん」

「今、お電話してみようかと思っていましたの。お話しした妹が出て来たものですから」

思い出した。友代からそんな話を聞いていた。

「妹ですの。――いらっしゃい」

と、友代が手招きすると、ちょっとぎこちなく、スーツなど着た若い娘が、恥ずかしそうにやって来た。

「妹の徳山愛です。――こちらが栄田さんよ」

と、友代が紹介する。

娘はボソボソと口の中で呟くように名のった後、

「姉がいつもお世話になっております」

と、付け加えた。

「いや、とんでもない。こちらこそ」

母親が違うせいだろう。徳山愛は香川友代とは大分印象の違う娘だった。もちろん、年齢も十五くらいは違うはずだが、友代に感じられる、どこか悲しそうな「かげ」のようなものが、徳山愛にはない。

といって、決して派手なタイプではなく、控え目でおとなしいところは姉と同様である。

「栄田さん、これからお仕事なのでしょ？」

と、友代が訊く。

「まだ時間は大分ありますが」

「じゃ、この子に〈Kヒルズ〉の中を見せてやって下さらない？　私、主人の出るパーティに一緒に行かなくてはなりませんの」

「はあ……。しかし、妹さんはご自由に歩き回られたいのでは？」

「私、住んでいる田舎の町でも道を間違えるくらい、方向に弱いんです。こんな所、たちまち迷子になっちゃう」

いかにも心細げな徳山愛の表情に、栄田はつい笑ってしまった。

「分りました。じゃ、ザッとご案内しますよ」

「ありがとう。助かりますわ」

と、友代は礼を言って、「何なら、何か食べさせてやって下さい」

「承知しました」

「私、〈P〉ってお店でパスタ食べたい」

と、愛が言った。「雑誌で写真見て、憧れてたの」

「あそこですか」

正直なところ、〈P〉の半値で、もっとおいしいパスタを食べられる店が、この近くに三つ、四つはある。しかし、愛にとっては「雑誌に出てた店に行った！」ということに価値があるのだ。

「でも、愛ちゃん、ここの有名なお店はずっと前から予約しておかないと入れないのよ」

と、友代が言った。

「あ、そうなんだ。うちの方じゃ、予約して行く店なんてないものね」

と、がっかりしている様子。

「大丈夫。何とかなりますよ」

と、栄田は肯いて、「そこはガードマンの強みでね」

「嬉しい！」

と、愛は飛び上って喜んでいる。

二十四、五とか聞いたが、見たところはせいぜい二十歳くらいか。「少女」の面影がある。
その愛の笑顔を見ていると、栄田は不意にギュッと胸に締めつけられるような痛みを覚えて、自分でもたじろいだ。

何だ、これは？――十代の少年でもあるまいし、今どき、女の子の笑顔に胸が痛くなるなんてことが……。

しかし、確かに徳山愛の無邪気な笑顔は、栄田に長く忘れていた「ときめき」を呼び覚ましたのである。

よせよせ。この子には当然好きな男がいるだろう。俺に恵美がいるように。

「もう行かないと」

と、友代は腕時計を見て、「じゃ、栄田さん、ご迷惑でしょうけど……」

「ご心配なく」

友代は、愛へ、

「いい子にしてね。帰ったら、電話ちょうだい」

と言っておいて、足早に人ごみの中へ消えた。

「さあ」

と、栄田は息をついて、「どこへ行きます？」

「どこへでもついて行きます」

聞きようによっては、いささか危うい言葉である。

「じゃ、主なブランド品の揃った通りへ行きましょう」

と、栄田は言った。「迷子にならないようについて来て下さい」

「いやだ！　見失ったら、私どうしていいか分らないわ。手を握っていい？」

「え？　まあ……その方が安心なら」

白く、柔らかい手が栄田の手を握った。その手は暖かかった。

「──どうかして？」

と、愛が訊く。

「いや、別に」

栄田は首を振った。「さあ、まず全体の作りから説明してあげますよ」

手をつないだ二人は、〈広場〉を横切って行った。

あれは──あの子だろうか？

愛と手をつないだとき、ちょっと照れて目をそらした先に、あの少女をチラッと見たような気がしたのだ。

本当にあの子だったのかどうか、確信はなかった。人の流れの一瞬の隙間に覗いただけだ。気のせいか。それともよく似た女の子だったのか……。

ともかく、栄田はあまり長く気にしなかった。今は徳山愛の手の感触が、栄田の頭の半分を占めていたので、栄田は危うくエレベーターを乗り間違えるところだった……。

10　誘惑

夢を見ていたのだろうか。

山神秀代《ひでよ》は、夫の眠るベッドの傍で、椅子からずり落ちそうになって、ハッと目を覚ました。

「あなた？」

と、つい呼びかけていたのは、たった今、夫がベッドに起き上って、

「俺は仕事に行ってくる」

と言ったからで――。

いや、もちろんそんなわけはない。

山神孝一は眠り続けている。医師の話では、

「このままの状態が何か月か、あるいは何年か続くかもしれません」

ということだった……。

しかし、今見た夢は、まるで現実そのもののようだった。

秀代は頭を振った。少しめまいがする。

病室の中は静かだった。同室の患者たちはみんな寝入っているらしい。

秀代はそっと立ち上って、ベッドの傍から離れた。

病室から廊下へ出ると、ホッとした。

椅子にかけたまま眠っていたので、腰や首が痛い。――娘の和世も自分の家庭があって、そういつまでもいてはくれない。

「一度帰らなきゃ」

と、秀代は呟いた。

何日も夫のそばについてはいられない。眠る所もない。

休憩のスペースのソファに身を沈めて、一息つく。

ここも今は明りが落としてあって、薄暗かった。ナースステーションだけがポッカリと明るく、暗い廊下の中に浮び上って見えた。

秀代は、自動販売機が廊下の奥にあったのを思い出して、立ち上った。喉が渇いていた。

ウーロン茶の缶を買って、その場で一口飲んでから――ふと気が付くと、少し離れた所に一人の女の子が立っていた。

六つか七つか、せいぜいそんなものだろう。

どうしてそんな小さな女の子が、しかもいささか場違いな可愛いドレスを着て立っているのか、ふしぎだった。

それに、その女の子はまるでずっと前からの知り合いのような目で、秀代を見ていたのだ。

「おうちの人が入院してるの？」

と、秀代は訊いた。

しかし、少女は秀代の問いに答えようとはせず、静かに言った。

「いいの？」

「――何が？」

「あのままでいいの？」

「あのまま、って……」

「ずーっと寝たきりで、何年も何年も生きてるのよ」

と、少女は言った。「お金がかかるわ。それに、あなたは疲れて、どんどん年齢《とし》とっていく」

秀代は動揺した。

「あなたは……」

「鏡を見て」

と、少女は言った。

「鏡？」

「その窓に映ってるでしょ。鏡のように」

秀代は振り返った。

「そこの自分を見て」

った。


と、少女は言った。「それはね、一年後の姿」

秀代はこわごわその暗い窓へと近寄って行った。

窓ガラスに、フワッと幻影のように浮び上ったのは、ほとんど髪の真白になった、老女だった。

秀代は息を呑んだ。

あれが私？　たった一年で……まるで十歳も老けてしまったようだ。いや二十歳か。

「可哀そうにね」

いつの間にか、あの子がそばに来ていた。

「あなたは……」

「ねえ、終らせたら？」

と、少女は言った。

ふしぎなことに、秀代は病院の中になぜそんな少女がいるのか、そして一年後の自分の老いさらばえた姿を見せることができるのか、奇妙なことだとは思わなかった。

「――終らせる」

と、秀代は少女の言葉をくり返した。

「そう。終らせるの」

と、少女はあどけなく肯いた。「悪いことじゃないわ。本人はもう寝たきりで、何も分らないんだもの。今死んでも、十年後に死んでも同じ」

「ええ、そうね」

「だったら、あなたがこれからの人生を有効に使えるようにした方がいいわ」

秀代はそれを聞いて笑った。

「あなたって、大人みたいな口をきくわね」

「やっと笑った」

「え？」

「笑ってなかったでしょ。ずいぶん」

少女にそう言われて、秀代はハッとした。

「ええ。——そうだったわ。忘れてた。笑うなんてこと」

「ねえ。これから何年も笑えない日が続くなんて、いやでしょ」

「ええ、いやだわ」

私にだって、好きなことをして楽しむ権利があるはずよ。そうだわ。終らせよう。

この手で終らせてしまえばいい。——私がこの上なく不幸な暮しをすることを、あの人は望んでないはずだわ。

「そう。その通りよ」

と、少女は言った。「あの人も喜ぶわ。あなたを幸せにできて」

「そうよね」

どうしてこの子は私が心の中で考えただけのことが分るのかしら？　それとも、私、口に出して言った？

「さあ、今の内だわ」

と、少女は言った。「みんな眠ってる。誰も気が付かないわ。あなたが『終らせた』としても」

秀代は病室へと歩いて行った。

静かにドアを開けて、薄暗い病室へ入り、後ろ手にそっとドアを閉める。

緊張は少しもなかった。

当然のことをするのだ。医者が患者を治すように、私はあの人を楽にして、自分も楽になるのだ。

解放。――そうこれは解放なんだわ。

夫のベッドに近付くと、秀代は仕切りのカーテンをそっと引いた。

夫は苦しげに呼吸していた。吐く息、吸う息、一つ一つが喉をやっと通り抜けて来たというように、耳ざわりな音をたてていた。

苦しいのね。――あなた。苦しいんでしょ？

私もよ。私も苦しい。

でもこれで楽になれる。私もあなたも。

秀代は、夫の頭を片手で少し持ち上げて、下の枕を抜いた。そして、そっと頭を下ろした。

どれくらいかかるものなのだろう？　人間、どれくらい息をしないと死ぬのだろう。知識があるわけではない。

ともかく、秀代は柔らかい枕を夫の顔の上に当てて、両手でしっかりと押えた。

少しすると、夫の手が動いた。もがくように空《くう》をつかんで、水をかくように振り始めた。

まだ？　まだなの？

秀代は体ごと夫の上にのしかかって、枕をぐいぐいと夫の顔に押し付けた。

生きようとする本能、生への執着は、恐ろしいほどだった。

秀代も必死にならなくてはならなかった。

汗が全身からふき出した。——早く。早く静かになって。

そして——不意に、気付いた。

夫は動かなくなっていた。

秀代は、そっと枕を取り上げた。

カッと見開いた夫の目が、秀代を見上げている。——秀代は恐ろしさに腰を抜かして冷たい床に座り込んだ。

汗が顎《あご》から伝い落ちた。脇の下、背筋を汗が流れていった。

「——終ったんだわ」

と、我知らず呟いていた。「これで終った……」

あの少女が立っていた。

「おめでとう」

と、少女は言った。「これで幸せになれたわね」

「ええ……。これでね」

秀代は床に座ったまま、微笑んだ。

秀代は膝に枕をのせていた。——その枕にポタポタと汗が落ちていった……。


栄田は〈広場〉を歩いていた。

すでに深夜三時を回っていた。

人気《ひとけ》のない〈広場〉は、いつになく広く見える。

しかし、今、栄田の目に〈広場〉は見違えるほど輝いて、魅力的に映った。

俺はこんなに美しい所を毎晩歩いていたのか？

もし、栄田に踊りのステップを踏む心得があったら、ミュージカル映画の一場面のように、この〈広場〉で歌い、踊っていたかもしれない。

「馬鹿な奴だ」

と、栄田は自分で照れながら呟いた。

どうして自分がこんなにも浮かれているのか、栄田にも分っていた。

ケータイが鳴った。びっくりした。こんな時間にかけて来るのは誰だろう？

「——もしもし」

と、出てみると、

「栄田さん?」

突然、栄田の胸が高鳴った。

「そうです」

「ごめんなさい、こんな時間に。徳山愛です」

「分りますよ」

「今、起きてらした?」

「ええ。仕事時間ですからね」

「あ、お仕事中?」

「今、あの〈広場〉を巡回していたところです」

「ごめんなさい。お邪魔ね」

「いや、大丈夫ですよ」

と、栄田は急いで言った。「どうかしましたか? 何か問題でも?」

徳山愛は香川友代のマンションに泊っている。明日には、この〈Kヒルズ〉内のホテルへ移るとのことだった。

「いいえ、何も問題なんて」

と、愛は言った。「ただ――眠れないんです」

「それは……」

「自分がこんな所にいるなんて、信じられなくて。夢を見てるようで」

素朴な感想を、笑う気にはなれなかった。

「栄田さん、あなたのおかげです」

「僕の？」

「あなたが案内して下さらなかったら、私、こんなに興奮していません、きっと」

栄田は胸をつかれた。——彼女も同じように感じているのだろうか？

「それなら良かった。少しはお役に立てたわけですね」

と、栄田が言うと、愛はしばらく黙っていた。

栄田は心配になって、

「どうかしましたか」

と訊いた。

「いいえ。でも、一つだけお願い」

「何でしょう」

「そんな他人みたいな口のきき方、よして。私よりお兄さんじゃないの」

「愛さん……。しかし、あなたは入居者のお客様ですよ」

「でも、もうお友だちだわ。——そうじゃなくて？」

「まあ……。しかし、あなたには婚約者がいると——」

「婚約者なんかじゃありません！」

姉の友代がチラッと洩らした言葉だったのだ。

「だけど——」

「もう言わないで。私、あんな人と結婚する気なんかないし、キス一つしたこともありません」

と、勢い込んで言ってから、「でもあなたこそ——好きな方があるのよね」

「確かに付合ってはいるけど……。結婚の約束をしたわけでは……」

さすがに口ごもった。

加藤恵美のことを、「何でもない相手」とは言えない。

「それなら構わないわね！」

愛の声が弾んだ。「あなたのこと、好きになっても」

「愛さん……」

「お説教はやめてね。むだよ」

栄田は笑った。

「分った」

「明日も会える？」

栄田はためらわなかった。

「もちろん」

「嬉しい。——姉には内緒ね」

そう聞いてハッとした。

香川友代を死へ追いやろうとしている夫、そして平山医師。そのことを忘れてしまっていた。

「愛さん――」

と言いかけたが、今ここでそんな話はできない。

「なあに？」

「いや。――いいんだ」

と、栄田は言った。「そろそろ巡回を続けないと」

「そうね。ありがとう。電話に出てくれて」

「もう眠れそう？」

「ええ、きっとぐっすり眠るわ」

と、愛は言った。「おやすみなさい、栄田さん」

「おやすみ」

しばらく、どちらも切らなかった。

愛はちょっと笑って、

「おやすみ！」

と、くり返してから切った。

栄田は、頬が上気して熱くなっていることに、初めて気付いた。

――恵美。

胸が痛んだ。

彼女は何も悪くない。ただ、徳山愛が現われただけなのだ。

しかし……。

香川友代をめぐる状況を考えると、愛との係りも微妙なものがあった。

少し歩き出すと、またケータイが鳴った。

愛がかけ直して来たのかと思ったが、公衆電話からになっていた。

「――栄田です」

「あの……牧和世と申します。山神の娘の」

「ああ。今日はどうも」

「あの――父が……」

「え?」

「父が、亡くなりました」

栄田は足を止め、呆然として立ちつくした。

「それはどうも……。やはり、ずいぶん悪かったんですね」

少し間があって、

「いずれ――分ることと思うので」

「何です?」

「母が――枕を父の顔に押し付けて、殺したのです」

栄田は息を呑んだ。思ってもみないことだった。

「そんなことが……」

「病院から連絡があって。今、母は警察に……」

「何と言っていいか……」

「せっかく、父の命を助けて下さったのに、こんなことになって申しわけありません」

と、和世は言った。

「あなたが謝ることでは……。しかし、まさかそんなことになるとは」

栄田は混乱していた。「私が助けなければ、あなたのお母さんもそんなことをしなくてすんだのに」

「いいえ、そんな風にお考えにならないで下さい。あなたはいいことをして下さったんですから」

「そうでしょうか」

「母は――疲れていたのだと思います。きっと、先行きの不安に駆られて、発作的にやってしまったんでしょう」

「そうですね」

「何とか、重い罪にならずにすむように、力を尽くします」

まだ半ば呆然として、栄田はケータイを切った。

あの少女が、目の前に立っていた。

「気の毒にね」

と、少女は言った。

「ああ……。せっかく君が力を貸してくれたのに」

「仕方ないわ。こういうこともあるわよ」

「そうだな」

「これが人生よ」

と、少女は言った。

「これが人生か……」

栄田は苦笑した。

徳山愛を知った日に、山神が妻の手で命を絶たれる。

そう。——これも人生なのだ。

栄田はまた歩き出した。

少女はいつの間にか、いなくなっていた。

11　心の闇

「栄田さん！」

と呼ぶ声に、足を止める。

振り向くと、市川美奈子が手を振っていた。

「やあ」

栄田は笑顔になって、「これから仕事？」

朝になっていた。

これからオフィス棟へ出勤して行くサラリーマン、ＯＬで〈広場〉がすでに目覚めていた。

「いやだわ」

と、美奈子は笑って、「今帰って来たのよ！」

「今？　朝だよ」

「ともかくドラマの収録が遅れてるから、毎晩、夜中まで」

と、美奈子は肩をすくめて、「夜中って言うより、明け方ね」

「大丈夫なの？　体をこわすなよ」

「平気！　ちっとも疲れてない。凄く元気なのよ」

　ともかく、美奈子は体中に活気が溢れているようだった。

「スター」でいるとは、こんなにも人を元気にするのか……。

あのメイク係が自分の代りに刺されて死んだことで、大分落ち込んでいた美奈子だったが、

「仕事」が彼女を救ったと言ってもいいのかもしれない。

「でもあんまり無理するなよ。今は気が張ってるから何ともないだろうけど」

　と、栄田が言うと、

「心配してくれるのね。嬉しいわ」

と、美奈子は栄田の腕を取って、「私とデートしてくれたら、何よりの休息になるけど」

「おいおい……。僕はこれから寝に帰るんだよ」

「分ってるわ。でも、私もこれから寝るの。三時間もしたら起きないとね」

「じゃあ早く寝て」

「ええ。――じゃ、またね」

「おやすみ」

「おやすみなさい」

　手を振って行きかけた美奈子は、振り向いて駆け戻って来ると、素早く栄田の頰にキスして、

「おやすみのキスよ！」

と笑って、駆けて行った。

周りには、出勤して行く人たちがいるが、朝はみんな急いでいるので、誰も栄田のことなど目にも留めない。

特にこの辺りは外国人が多いので、人目など気にせず抱き合ったりキスしたりが珍しくなかった。

栄田は、

「やれやれ」

と呟いた。

恵美との仲が続いているのに、市川美奈子にも、徳山愛にも好意を持たれているようで……。いつから、俺はこんなにもてるようになったんだ?

栄田は大欠伸をして、出口へと歩き出した。

ケータイが鳴って、栄田恭子は目を覚ました。

ベッドから手を伸して取ると、

「もしもし……」

と、言葉にならない声を出した。

「恭子か。僕だよ」

いやに騒がしい。

「もしもし？　――どなた？」

「どなた、はないだろ。野口だよ」

ムッとしたように野口は言った。

「ああ……。おはよう」

恭子は息をついた。

「どうしてるかと思ってさ。せっかく上京して来たのに、大したことがしてやれなくて……」

「いいのよ。別にあてにして来たわけじゃないから」

「だけど――」

「仕事、見付かりそうなの」

恭子の言葉に、野口は拍子抜けしたように、

「それは……良かったね」

「まだはっきりしないけどね。でも、もしだめでも他を当ってみる。一人で生活していくぐらい、何とかなるわ。兄もいるし」

恭子はそう言うと、「だから、私のことはもう心配しないで」

と、付け加えた。

「そう……。いや、君がそう言うのなら……」

「あなたも仕事大変なんでしょ。課長さんなんだから」

恭子はもちろん、野口の「課長」が嘘だと知っていて、わざと皮肉っているのだが、野口の方ではそんなこととは思いもせず、

「まあね。しかし、大変なときこそ腕のふるいどきでね。昨日も大阪へトンボ返りの出張で——」

と、野口が言いかけるのを、

「ごめんなさい。ちょっと疲れてて眠いの」

と、恭子は遮った。

「ああ、そう。それじゃ……」

「頑張ってね」

そう言うと、恭子はさっさと通話を切ってしまった。

野口は、さぞかし電話の向うで呆気に取られているだろう。想像しただけでおかしかった。

もともと、野口は恭子にとって、「東京」という都会をしょっていただけの男だった。今、恭子自身が本当の「東京」に出て来てしまうと、野口にはもはや何の魅力もないのである。

メールが来ていた。

〈G製薬〉の本物の課長、北崎である。

〈仕事の話、今日中には先方から返事があります。その話かたがた、夕食でもどうかな。旨い焼肉屋を知ってる〉

——恭子は、北崎が自分に興味を持っていることに気付いている。

もちろん、「野口と寝ていた」女だという興味もあるだろう。しかし、北崎自身はそういい加減な男ではないと思えた。

誘われて、すぐホテルについて行くのはいやだった。しかし北崎は紳士だ。

恭子は、北崎に宛てて、

〈喜んでご一緒します。色々とお手数かけてすみません。恭子〉

と、返信メールを入れておいた。

そしてもう一度ベッドに潜り込むと、またすぐに眠りに落ちて行った。

畜生……。

あんな田舎娘のくせしやがって！　俺をなめてやがる！

野口はカッカしながら、ケータイを上着の内ポケットへ入れた。

ビルの地下にある喫茶店に入っていた。

ちょくちょく、こうして仕事を抜け出している。

たまに息抜きした方が、仕事の能率が上る——。それが言いわけだったが、自分には通じても、会社に対しては通用しない。

「ここだと思ったよ」

いきなり、北崎が目の前に座った。

「あ、課長」

野口はすぐに笑顔になって、「いや、ゆうべからちょっと風邪気味でしてね。風邪薬を服んできたら、今度は眠くなって――。不便なもんですね」

北崎はニコリともしない。野口はあわててコーヒーを飲むと、

「今、席に戻るところだったんで――」

「そう急ぐことはないよ」

と、北崎は言った。

「はあ……。でも――」

「今、幹部会があって、人員削減の具体案が了承された」

「というと……」

「君には辞めてもらう。今年一杯だ。そのつもりで残務整理をしてくれ」

野口は引きつったような笑顔になって、

「また、課長……。冗談になりませんよ」

「冗談じゃないよ。これは」

と、北崎は真顔で言った。「前から散々注意したはずだ。恨むなら自分を恨め」

「北崎さん……。そんなこと……困ります！　女房も娘もいるんです。どうやって食べていけと？」

「それは自分で考えてくれ」

北崎は立ち上って、「二、三日中に正式な通告がある。先に教えておこうと思っただけだ。

――ま、ゆっくりコーヒーでも飲んで来い」

「待って下さい！」

野口はコーヒー代をテーブルに置くと、店を出た北崎の後を追った。

エレベーターに乗るところで追いつくと、

「北崎さん。お願いです。何とかして下さい。必死で働きますよ。決して期待を裏切りません」

「期待？　もうそんなものは誰も持ってないよ」

北崎は冷ややかだった。

エレベーターに一緒に乗ると、他の社の人間も数人乗っていたが、野口はなりふり構わず、

「北崎さんから上に話して下さい。お願いします。ね、古い付合いじゃありませんか」

と、北崎の腕をつかむ。

「よせよ、みっともない」

「生きるか死ぬかですよ。本当に、クビになったら死ぬしかないんです」

「そこまで会社は面倒みられないとさ」

「だって――俺が何をしたって言うんです？　俺は俺なりに精一杯――」

「やめろ」

と、北崎は遮って、「課長だと嘘をついて、女の子を騙しておいて、何が『精一杯』だ」

野口は真青になった。

エレベーターの扉が開き、北崎が降りたが、野口はそのまま立ち尽くしていた。

――恭子。

そうか。恭子が北崎に訴えたんだ。

騙された、だって? 何を言ってやがる!

あいつだって喜んでたくせに!

恭子の奴……。

「もう一番上ですよ」

と、降りる女性社員が言った。


「女の子がね……」

と、山神秀代は言った。

刑事はうんざりしたように、「夜中の病院に、どうしてそんな女の子がいるんだね?」

「またその話かね」

「本当なんです」

と、秀代は言った。「その子が言ったんです。終らせた方が、どっちも幸せだって」

「幸せか」

太って、ワイシャツのボタンが飛んでしまいそうになっている刑事は首を振って、「旦那を殺して幸せ? 殺された方はね、そりゃあ苦しかったに違いないんだ。何十年も連れ添ったんだろう？」

「ええ……。でも、あの人は私のことなんか愛しちゃいませんでした」

と、秀代は言った。

「だからって殺すことはないだろう」

「ですから、あの女の子が——」

「女の子の話はやめて……」

不意に刑事はガクッと頭を垂れて眠ってしまった。

取調室の中は、急に静かになった。

「まあ……。刑事さんも疲れてるのね」

と、秀代が目を見開く。

「今の内だわ」

と、声がした。

「まあ、あなた……」

秀代は少女を見て、「良かったわ、来てくれて。この刑事さん、いくら言っても、あなたのことを信じないのよ」

「起さないで。じき目が覚めるよ」

「ええ……」

「今の内よ」

「今の内?」

「刑務所で何年も暮したい? 出て来たときはもう年寄りで、誰も歓迎してくれないわ」

「そう……。そうね」

「人殺しなんだもの、あなたは」

「人殺し……」

「今、けりをつけてしまったら?」

「でも——どうやって?」

「眠ってる刑事さんのズボンからベルトを抜くのよ」

「それで?」

「椅子を窓の下へ持って行って、その上に上るの。そして、ベルトを窓の鉄格子のところへ通して止めるの。そこへ首をかけて、あとは椅子をけるだけ。簡単よ」

「そう……。簡単ね」

「何年も刑務所へ行くよりいいでしょ?」

「本当ね。あなたは正しいわ……」

秀代は、立ち上ると、眠っている刑事のそばへ行って、下腹に食い込んでいるベルトを少し苦労して外した……。

——刑事は、危うく椅子から落ちそうになって、ハッと目が覚めた。

「畜生……。いつの間に眠ったんだ? おい、あんた——」

窓からの光を遮って、秀代の体がゆっくりと揺れていた。

「しまった!」

刑事が青ざめて、「救急車を呼べ!」

と叫びつつ、秀代の方へ駆け寄った。

「眠ってただと? 貴様、それでも刑事か!」

上司の怒鳴り声は、小さなケータイを壊してしまいそうだった。

「課長——。妙なんです。ちっとも眠気なんかさしちゃいなかったのに、気が付いたら眠っていて……」

「そうか。すると何か? その亭主を殺した女がお前に催眠術でもかけたって言うのか」

と、皮肉たっぷりの口調。

「いえ、そういうわけじゃありませんが……」

「まあ、うたた寝していて、ズボンのベルトを抜かれたのも分らなかったってわけだな」

そう言われると、言いわけのしようがない。

「それで、女の具合はどうなんだ」

「はあ、今のところ、何とか命は取りとめそうで……」

「死んだら、隠しとくわけにいかんぞ。覚悟するんだな」

「それはもう——」

「何か分ったら連絡しろ」

「はい、すぐに――」

通話は切れてしまった。

「――畜生！」

もう何度同じ言葉を口にしただろうか。

泉田《いずみだ》というのが、刑事の名である。太って、汗かきだ。暮れも近くなって、「寒い」日々が続くと、やっとホッとする。

それにしても……。

取調中に居眠りしてしまったことは事実である。あんなことは初めてだ。課長に対して、腹を立てるわけにはいかない。実際に眠ってしまったのだから、文句は言えない。

確かに妙なことだった。

ちょっとウトウトしていたくらいなら、ベルトを抜かれたときに目が覚めそうなものである。

――泉田は、救急車に乗って、この病院までやって来た。

腕時計を見ると、ここへ来てもう五時間くらいたっている。

「腹が減ったな……」

泉田の「大きめ」の体は、旺盛な食欲で支えられている。

泉田は病室の中を覗いた。

山神秀代は酸素マスクを顔に当てられ、眠っていた。医者の話では、たとえ死ななかったとしても、このまま意識が戻らないことはあり得る、ということだった。

そうなったら、起訴も何もない。

もう夜になって、消灯時間が来る。

病室の中も、薄暗く沈んだ。

泉田は少し迷ったが、自分がここにいたところでこの女が助かるというわけじゃなし、夜勤の医師もいる。

泉田は、ナースステーションに寄って、そこにいた看護師に、

「ちょっと食事してくるよ」

と、声をかけた。「山神秀代に何か変ったことがあったら、このケータイに電話してくれ」

名刺を置くと、

「この辺、何か旨いものはあるかい?」

「味だけじゃなくて量もいりそうね。刑事さんには」

と、若い看護師が微笑む。

「ああ、そうだな」

泉田も少しホッとして笑った。

「じゃ、病院を出て右へ少し行ったおそば屋さんがいいわ。親子丼がおいしいの。ここの先

生方もよく食べるのよ」

「そいつは行ってみなきゃな」

「十一時までやってるから、大丈夫」

「ありがとう」

旨いものが食べられる、と思っただけで少し幸せな気分になり、あの課長の嫌味も忘れられた。便利な性分かもしれない。

そして、そのそば屋の親子丼は、泉田の期待を裏切らなかった。

三十分ほどして病院に戻ったとき、泉田はここに山神秀代を運んで来て良かった、とさえ思った……。

ナースステーションには、さっきの看護師が座っていたので、声をかけた。

「本当に旨かったよ。ありがとう」

「良かったわ」

と、笑顔で答えてくれる。

「山神秀代の様子は？　変ったことはないかい？」

「ええ、別に」

と、その看護師は言ってから、「あ、そうそう。お孫さんがみえたんです」

病室の方へ歩きかけていた泉田は、足を止めて振り返り、

「孫だって？」

「ええ。さっき様子を見に行ったら、小さな女の子が」

「女の子……」

泉田は、秀代が、夫を殺したのは「女の子に言われた」からだと話していたことを思い出した。

しかし、もちろんあんなのは作り話だ。

泉田は、秀代の病室のドアを開けて、そっと中を覗き込んだ。――ベッドに静かに横になっている秀代以外は誰もいない。

ホッとして、泉田はベッドのそばの椅子に腰をおろした。椅子が小さくて、少々辛い。しかし、椅子の方が「もっと辛いよ」と言うように、きしんだ音をたてた。

すると――フフ、と忍び笑いが聞こえて、泉田はびっくりした。
六、七歳かと見える女の子が、可愛い服を着て、窓の張り出しのところに腰かけていた。
「――何してるんだ？」

と、泉田は訊いた。「どこにいた？」

少女は笑みを浮べて、

「ずっとここにいたわ」

「そんなはずはない。さっきまではいなかったぞ」

「眠ってたんじゃない？　おじさん、この女の人を取り調べるときも眠っちゃったんでしょ？」

「どうして知ってるんだ？」

「この人から聞いた」

「山神秀代から？　まさか！　嘘をついちゃいけないよ」

「本当よ。——でも、おじさんって、本当にいい人ね」

「賞《ほ》めてくれるのか、今度は」

「だって、人を殺した犯人にも優しいんだもの」

「優しいばっかりじゃないぞ。厳しいときも怖いときもある」

「そうよね。だって、この女の人が殺したご主人は、以前警官だったのよ」

泉田は、そう言われて思い出した。

そうだった。山神孝一は元警官だった。自分と同じような刑事だったのだ。

「ね、この人のご主人は、あなたと同じ仕事をしてたのよ。あなたの仲間なのよ。仲間を殺されたら、普通は腹を立てるわ」

「ああ……。そうだな」

「可哀そうよね。ずっと警察で苦労して働いて、病気で倒れたのよ。その病人を、この女の人は殺したんだわ。ひどいと思わない？」

「全く、ひどい奴だ」

と、泉田は肯いた。

「ねえ、身動きできない病人の顔に枕を押し当てて殺すなんて……。残酷よね。ご主人はどんなに苦しかったでしょうね」

「ああ……。苦しかっただろうな」

「きっと苦しくてもがいたわ。助けてくれ、って叫ぼうとしたわ。でも、この人は平気で枕を押し付けてたのよ」

泉田の内側から、何とも言えない、どす黒い「怒り」がこみ上げて来た。

「そうだ。こんな奴は許せない」

「ええ、そうよね。許せない、って思うのが当然よ」

少女は床へ下りると、泉田の方へそっと近寄って来た。そして、泉田の耳もとへ口を寄せると、

「やってしまえば？」

と言った。

「――やる？」

「ええ。だって、この人、自分で死のうとしたのよ。それを手伝ってあげるの」

「手伝う、か……」

「殺すわけじゃないわ。この人、死にたかったんだもの。罪を償《つぐな》いたかったのよ。それに手を貸すだけだわ」

「しかし……」

「もし、あのとき、あなたの目の覚めるのがあと五分遅かったら？　この人は死んでたわ。

「違う?」

「ああ、確かに」

「だったら、今ここでその『つづき』をしてもらうのよ」

「どうやって......」

「そのベルト。——それで、この人は首を吊ろうとした。だから、やっぱりそれで死なせてあげなきゃ」

「そうか。——そうだな」

「そうでしょ？」

少女はニッコリ笑って、「良かったわ、私の言うこと、分ってくれて」

「ああ、よく分るよ」

「じゃ、まずベルトを外して」

泉田はズボンからベルトを静かに引き抜いた。

そうだ。こんな奴は死んで当然なんだ。

「そのベルトを、女の人の首に巻きつけるのよ」

と、少女は言った。

簡単なことだった。

「後は左右に力一杯引張ればいいのよ。この人も、罪を償えて喜んでくれるわ」

「うん、そうだな」

「さあ、思い切り力をこめてね」

少女の口調は、まるで一緒に遊んでいる子供に向って話しかけているかのようだった。

泉田は深呼吸をして、ベルトの両端をしっかり握ると、ゆっくりと左右へ引いた。

革のベルトがギリギリと音をたてながら秀代の首に食い込んでいく。秀代の首がくびれ、表面が裂けて血が出た。

泉田の頭の中に、声が響いていた。

「殺せ！　殺せ！」

その声は、少女のもののようでもあったが、しかし、泉田の頭の内側で聞こえていた。

泉田の手が震えた。てのひらに汗がにじんで、革ベルトの表面を手が滑った。

しかし、一旦死にかけた秀代の息の根を止めるには充分だった。

突然、秀代がカッと目を見開いた。泉田はびっくりして飛び上りそうになった。

「大丈夫よ、大丈夫。もう少しよ」

と、少女が励ます。

秀代の全身が激しく震えて、やがて動かなくなった。

見開いた白眼が無気味だ。

「——すんだわ」

と、少女は言った。「偉いわ。ちゃんと敵《かたき》を討ったのね」

「ああ……。やったんだ」

急に泉田は汗がふき出して来て、上着の袖口で額を拭った。

「死んだわ。当然の罪滅ぼしよね」

「ああ。——これでいいんだ」

と、泉田が肯く。

そのとき、病室のドアが開いて、

「どうですか？」

と、さっきナースステーションにいた看護師が入って来た。

泉田のベルトは、まだ秀代の首に深く食い込んだままで、泉田は片手でベルトの端を握っていた。

看護師が呆然として、

「——何をしたんですか！」

と、かすれた声で言った。「大変！　——誰か！」

看護師が駆け出して行く。

「見られちゃったわね」

と、少女が言った。「どうする？」

「どうって……。もうこの女は生き返らない」

「それはそうよ」

「俺が……殺したことになるのか」

「そうね。いくら説明しても、誰も分ってくれないでしょうね」

「分ってくれない、か……」

「人が来るわ」

と、少女は言った。「どうする？」

「分らん」

と、泉田は首を振った。「教えてくれ。どうしたらいい？」

少女は微笑を浮べて、

「『声』に従うのよ」

と言った。

「『声』？」

「自分の中に耳を澄まして。きっと聞こえてくるわ。その『声』が」

――そうだ。今、頭の中に響いている。

死ね！　死ね！

その「声」はそう叫んでいた。

「あなたは正しいことをしたのよ。でも、それを分ってくれる人はいない。だから、あなたは、世間の人から見れば、『人殺し』なの」

「俺は人殺しか」

「刑事でもいられなくなるわ。仲間や、自分より若い刑事に取り調べられる。とても辛いわ」

「ああ。辛いな。そんなのはいやだ」

「じゃあ、自分でけりをつけたら？」

「そうだな」

泉田は少女を見て、「君はいつも正しい」

「ええ、そうよ。私の言う通りにしていれば間違いない」

廊下にバタバタと足音がする。

「急がないとな」

泉田は窓の方へ駆け寄った。――ここは四階だ。

高さは充分だろうか？

しかし、迷っている暇はなかった。

泉田は窓を開けると、夜の中へと身を躍らせた……。

12　死の舞踏

〈警官が容疑者を絞殺〉

――〈広場〉の大きなディスプレイに、その文字が出たときも、栄田は大して気に留めなかった。

へえ……。珍しいこともあるもんだ。

しかし、昨今は誰が誰を殺してもおかしくない時代だからな。

昼間――といっても、もう午後の四時だが、〈広場〉は適度ににぎやかで、行き交う人々は、ほとんどが観光客。

栄田も、今は洒落たブレザーにネクタイをして、コートを肩にかけ、この名所にふさわしい格好をしていた。

時間はまだある。

〈病気の夫を殺害した妻……〉

栄田は、初めてそのテロップに目をひかれた。

〈山神秀代（57）が自殺を図り……〉

山神の妻だ！

栄田は息を呑んだ。——夫を殺したことは知っている。

その妻が、自殺を図った。そして、未遂で入院していた妻を、取り調べに当った刑事が絞殺した……。

「何てことだ……」

栄田は愕然とした。

しかもそれだけでは終らなかったのだ。

秀代を絞殺した刑事が、看護師にその現場を見られ、看護師が人を呼びに行っている間に、病室の窓から飛び下りた……。

刑事は、首の骨を折ったが、四階の病室の窓の真下は花壇になっていて、命は取りとめたという。

〈警察幹部は「極めて遺憾」とコメントしている〉

そんなものは、コメントでも何でもない。

ひどい話だ。——ひど過ぎる。

栄田は、そんなニュースに気付きもせずに行き交う男女を、まるで映像の中の人々のように眺めていた。

「凄い事件ね」

「ややこしいな。結局、誰が犯人なんだ？」

若い、まだ十代にしか見えない男女が、そう話しながら栄田のすぐ後ろを通って行った。

しかし、少しもショックを受けている風ではなく、たぶん毎週見ているTVの連続ドラマのストーリーでも話している気分でいるのだろう。

人の死。——彼らには、それは遠い世界の出来事なのである。

だが——あることに気付いて、栄田はゾッとした。

すべては、栄田が山神孝一を助けたところから始まったのだ。

あのとき山神を助けなかったら……。あのまま山神孝一が死んでいたら、死者は彼一人ですんだ。

山神孝一を助けたために、妻の秀代は夫を殺した。そして、秀代もまた、刑事に殺された。

その刑事もまた、死のうとして重態だ。

俺のせいなのか？　一人の死者で終るところを、二人の死と、もう一人の——ほとんど「死」と呼んでいいほどの結果になった。

まさか……こんなことになるとは、思ってもいなかった！

そのとき、栄田は肩をポンと叩かれて、飛び上るほどびっくりした。

「——ごめんなさい、待った？」

振り向くと、屈託のない徳山愛の笑顔があった。

「ああ……。君だったのか」

「どうしたの？　真青だわ」

と、愛は心配そうに、「具合が悪いの？　帰って寝た方が――」

「いや、いいんだ。大丈夫。何ともないよ」

と、栄田は無理に笑顔を作った。

「でも……」

「平気平気。さあ、出かけよう」

栄田は、愛の腕を取った。

「ええ」

愛も微笑んで、「でも、もし何かあれば、いつでも言ってね」

「分ったよ」

だが、〈広場〉を出ようとしたところで、

「あ！　ごめんなさい！」

と、愛が足を止めた。

「忘れ物？」

「ええ。ケータイ、別のバッグに入れて来ちゃった。ごめんなさい。お姉さんからかかって来るかもしれないの。取って来ていい？」

「いいとも。ここにいるよ。そう急がなくていいから」

「ありがとう。――でも、走って行って来るわ！」

「転ぶなよ！」

と、栄田が言ったときには、もう愛は人の流れの中に見えなくなっていた。

栄田としては、少し時間があったので助かったかもしれない。さっきのニュースの動揺から立ち直る余裕を持てたわけだ。

——愛。そうだ。

愛とデートしている間は、もうあのことを忘れよう。

きっと忘れられるだろう。

栄田は、愛の笑顔に出会っただけで、ずいぶん気持が鎮まった。そして、これから愛をどこへ連れて行くか、それを考えていると、胸のときめくのを覚えさえしたのである。

栄田は待っていた。そして——。

ケータイが鳴った。加藤恵美からだ。

少し迷ったが、出ないわけにいかない。

「もしもし」

「あ、出てくれたのね」

と、恵美は言った。「今、どこにいるの?」

「今? 今は——〈Kヒルズ〉だよ」

「あら、もう? 早いのね、ずいぶん」

と、恵美は言った。「私、早く帰れたの。どこかに出かけない?」

栄田は少し詰ったが、

「いや、あの……」

と、口ごもりつつ、「今日はだめなんだ。ごめんよ」

「用事?」

「ちょっと、〈Kヒルズ〉のパトロール態勢を見学に来る人がいてね。案内してあげなきゃいけないんだ」

「あら、残念ね」

「すまない」

「仕事なら仕方ないわ。でも、あんまり寝てないでしょ。気を付けてね」

と、恵美は言った。

「うん、ありがとう」

「じゃ、また連絡するわ」

「うん、僕も」

栄田は通話を切った。

恵美に対して申しわけないよりも、恵美と話している間に、愛が戻って来なかったことにホッとしていた。

そんな自分に呆れながら、ちょうどそのとき、愛が人の間を縫って、息を弾ませながらやって来るのが見えて、栄田は胸をときめかせた。

「——待たせてごめんなさい!」

と、愛は顔を赤く染めながら言った。

「そんなに急がなくてもいいのに。——じゃ、出かけよう」

「ええ!」

愛の方が、パッと腕を絡めてくる。

そんな仕草が可愛くて、栄田はつい笑ってしまうのだった……。


「パトロール態勢の見学、ね……」

恵美は、呆然と立ち尽くしていた。——〈広場〉の中に。

恵美は〈広場〉に来ていて、一人で立っている栄田を見付けたのだ。つい、いたずら心を出して、ケータイにかけたのである。

むろん、本当に「仕事」だというのなら……。

しかし、恵美は、見てしまった。

若い娘が栄田と腕を組んで、出かけて行くのを。

その視線、その笑顔。——そこには「恋」の紛《まぎ》れもない「熱」があった。

あれは誰だろう?

栄田は、恵美を騙して、二人と付合っていたのだろうか?

栄田とは、結婚の約束を交わしたわけではない。他に好きな女ができれば、それはそれで仕方ないことだ。

しかし、恵美に嘘をついて……。

恵美は、ぼんやりと〈広場〉の中を歩き出した。

どこへ行くあてもなかったが……。


「ねえ」

と、女が言った。「妊娠したみたい」

ネクタイを締めかけた手が止った。

「——冗談だろう」

と、香川は言った。

「あら、どうして？」

と、女はベッドに起き上り、半裸の肌をさらしながら、「ちゃんとそういうこと、してるじゃないの」

「それはそうだが……」

香川はネクタイの曲りを直すと、「君が大丈夫と言うから……」

「そう思ったのよ。でも、百パーセント、ってわけにはいかないわ。ピルも服んでたけど」

井伏《いぶせ》泰江《やすえ》。——香川の「愛人」である。

しかし、嘘をつくには相手が悪い。

香川はベテランの弁護士だ。

嘘をつく人間ぐらい見抜けなくては仕事にならない。

「そうか」

香川は上着を着た。

「――ねえ、何とか言ってよ」

と、泰江は甘えるように言った。

「おめでとう」

「もう！　他人事《ひとごと》みたい」

と、むくれている。

香川は笑って、

「ごめん。――つい、こういう口調になるんだ」

「馴れてるわ。皮肉屋の弁護士先生」

と、井伏泰江はベッドに寝そべって、「産んでもいい？」

「そうだな。――友代との間は、それまでには片付けられるだろう」

「本当？　嬉しい！」

と、泰江はベッドから飛び出して来て、香川に抱きついた。

「おいおい、またネクタイが曲る」

と、香川は苦笑して、「ともかく、もう行くよ」

「泊っていってもいい？」

「いいよ。どうせ一泊分払ってある」

と、香川は言って、コートを手に取った。「ルームサービスを取ったら、部屋へつけとけ」

「ありがとう」

「じゃ、行くよ。約束がある」

香川は泰江に素早くキスして、ホテルの部屋を出た。

都心のホテルのスイートルームである。

こんな時間は人気《ひとけ》がない。

香川はエレベーターでロビー階へと下りて行った。

――井伏泰江。

あいつにも飽きたな。

香川は、泰江がわざと危い時期を知っていて身ごもったと分ったとたん、冷めかけていた気持が、一気に冷え切るのを感じた。

友代が死んでも、泰江がその代りに居座ったら、少しの変りもない。

「――甘くみるなよ」

と、香川は呟いて、ロビーの広いフロアへと踏み出していた。

「久保君」

と呼ばれて、スタジオの隅でパイプ椅子にかけてウトウトしていたマネージャーは、

「何だよ」

と、面倒くさそうに顔を上げた。

「お疲れさん」

と、穏やかな笑顔が見下ろしている。

誰だっけ、このおっさん？

久保の頭がやっと回転し始めて──。

「東野さん！　失礼しました！」

と、久保はあわてて立ち上り、パイプ椅子を引っくり返した。

「シーッ！」

と、注意され、久保は真赤になった。

「そうびっくりするなよ」

と、東野は笑って、「どうだい、市川君は」

「はあ。精一杯頑張っております」

久保はそっと冷汗を拭いた。

「いや、ディレクターが感心していたよ。とてもドラマの経験の浅い子とは思えないと言ってね」

「恐縮です」

──今、スタジオでは市川美奈子がインタビューを受けている。

受け答えもしっかりしてきて、確かに別人のように落ちついている。

「今日、この後は何か予定があるのかね」

と、東野が言った。

「美奈子ですか？　いえ、入っていた収録が急に延びてしまって、空いたところです」

「そうか。――君も少し息抜きしたらどうだね」

「いや、うちの社長は、息抜きなんて、させてくれません」

と、久保は笑った。

「これが、実は今日あるんだ」

東野が札入れを出し、中から金色のカードを取り出した。「私は用があって行けない。君、代りに行かないか」

「何ですか？」

「六本木のクラブの招待だ。会員だけのパーティがあってね」

「へえ！　――ああ、今話題の店ですね」

と、久保は目をみはって、「しかし、こんな高級店、私にはとても……」

「招待と言ったじゃないか。いくら飲んでも食べてもタダだ。それにこのパーティに来るコンパニオンの子たちは美人揃いというので有名だよ」

久保としては、「美人」にもむろん関心があったが、「いくら飲んでもタダ！」という方が刺激的だった。

「しかし……東野さんの代りなど……」

「こういう会は、いちいち身許調べなんかしない。このカードを持って行けばフリーパスだよ」

「では……いただきます」

久保は思わず喉を鳴らした。「――あ、しかし、美奈子を送ってからになるので、少し遅れますが……」

「それなら、私もちょうど帰宅するところだ。市川君を送ってあげる」

「そんな……。よろしいんでしょうか」

「今から行くと、ちょうど開会のセレモニーに間に合うよ」

と、東野は腕時計を見て、「私はここで見ている。心配しないで行って来たまえ」

「あの……それでは、お言葉に甘えて」

久保がいそいそと行ってしまうと、東野はちょっと口もとに笑みを浮べて、

「タダ酒でつれれば、こんなに簡単なことはないな」

と呟いた。

東野の目は、明るいライトを浴びる市川美奈子へと向いた……。

十五分ほどして、インタビューを終えた美奈子はスタジオの隅へ戻って来て、

「――あ、どうも」

と、東野に頭を下げると、「あの――うちのマネージャーいませんでしたか?」

と、周囲を見回した……。

「突然呼び出してすまんね」

と、香川は言った。

「いえ、一向に」

平山医師はワインを飲んで、「旨い！　ここのワインはいいですね」

「まあ、何でも食べてくれ」

香川はオーダーをすませると、「相談があってね」

「友代さんが何か？」

「いや、井伏泰江の方なんだ」

「彼女が何か……」

「どうも、このところ鼻につくようになった。友代にはもちろん消えてもらうが、泰江も同時に片付けたい」

平山はちょっと笑って、

「もう飽きたんですか？」

「そんなところだ」

香川はニヤリと笑って、「――どう思う？　どうせなら、二人一緒に片付けられる方法を考えよう」

平山は真顔になった。

「本気ですか」

「もちろんだ」

オードヴルの皿が来る。

二人は黙々と食べた。

そして、皿が下げられると、

「一人は奥さん、一人は愛人なんですから」

と、平山は言った。「互いに憎み合っていて当然です」

「うん、そうだな」

「もし——友代さんが、泰江さんを……」

「あいつがか?」

「もちろん、本当にやらなくてもいいんです。当人が『やった』と思い込めば、友代さんのことです。死んで罪を償おうとするのでは?」

香川はゆっくりと肯いて、

「それはいい考えだ」

「ただし、その場合、泰江さんをどうやるかが問題になりますが」

と、平山は考えながら、「体力的にも、若いですしね」

スープが来て、それを静かに飲みながら、

「なあ、こういうのはどうだ」

と、香川は言った。

ちっともお腹は空かないのに。

加藤恵美は〈Kヒルズ〉でも人気の店で、パスタを注文していた。

いつ来ても、外に順番待ちの列ができているのに、今夜は全く待たずに入れた。

いいこともあるんだわ。

そう考えてから、笑った。

恋人に裏切られて、絶望しているのに、その代りの「いいこと」が、レストランに待たずに入れたこと？

せめて、もう少しましなことでないと。

「つり合いが取れないわよね」

と、白ワインをぐいと飲んだ。

ホッと息をつくと、

「つり合いが取れないわよね」

と、女の子が言った。

恵美は、空席のはずの向い合った椅子に、六、七歳かと見える少女がいつの間にか座っているのを見て、目をパチクリさせた。

「——今晩は」

と、少女が言った。

「今晩は」

恵美は微笑んで、「どうしてそこにいるの？　お母さんと一緒？」

少女はニッコリ笑って、

「私、あなたの連れよ」

と言った。

「だけど——」

「愛」

「——何ですって？」

「徳山愛。そういう名前なの。栄田さんの恋してる相手」

「愛……」

「ねえ、あなたがずーっと栄田さんを愛してきたのに」

恵美はちょっと笑って、

「あなた、どうしてそんなことを知ってるの？」

「知ってるわ。——傷ついた心の中に、いつも私がいるの」

「傷ついた心……ね」

恵美は、ちょっと小首をかしげて、「でも、私は栄田さんを縛りたくないの」

「あの女に取られても？」

「それは……辛いわよ」

「あなたが苦しんでるほど、彼は苦しんでるかしら？」

恵美は胸を突かれたように、

「それは……」

「つり合いが取れないわよね。彼がちっとも苦しんでなかったら」

「そう……。それは確かにね」

恵美はワイングラスを空にした。

「彼が誠実な人なら、苦しむわよね」

「栄田さんは誠実よ」

「そう？」

「もちろんよ。——彼のことなら、私の方がよく知ってる」

「自信がある？」

「ええ、あるわ」

「じゃあ……栄田さんは、徳山愛とあなたと、二股かけたりしない？」

恵美は少し迷ったが、

「ええ」

と肯いて、「悩んでるわ、あの人も。どっちを選ぶべきか」

「そうかしら」

「そうよ。——あなた、何が言いたいの？」

「別に」

と、少女は言った。「男なんて、ずるいもんだってこと」

「栄田さんは違うわ」

「じゃあ、徳山愛とデートしてきた後、あなたが部屋で待ってたらどうするかしら？」

「部屋で？」

「どこか見えない所でね。徳山愛を連れて戻って、二人は、いつもあなたの使っていたベッドで寝るかも」

「そんなこと……」

「待ってるの。彼女が帰るまで。そして何食わぬ顔で、たった今来たっていうように、彼を抱いてキスするのよ」

「子供の想像にしちゃ、生々しいわね」

と、恵美は笑った。

「考えて。——栄田さんがどうするか」

「どうするか？」

「あなたの前に手をついて謝るか。他に好きな子ができた、と告白するか」

「そう……。誠実だもの。きっとそうするわ」

「私はそう思わないな」

「じゃあ……」

「彼は何もなかったように、あなたと寝るわ」

「まさか」

「男って、そんなものよ」

「あの人は違うわ」

と、恵美は言った。「違うわ」

「お客様……」

戸惑ったウエイターの声がした。「ご注文と違っておりましたか?」

目の前にパスタの皿が置かれていた。

そして向い合った席は空だ。

「いいえ、これでいいの。ありがとう」

と、恵美は微笑んだ。

「ごゆっくり」

ウエイターがホッとしたように立ち去る。

私……どうしたの?

今、誰かと話していた。でも……。

「徳山愛」という名前は、はっきりと恵美の頭に残っている。

でも、なぜ？
なぜ、あの女の名前を知ってるんだろう？
——夢を見ていたのか？
それとも……。
恵美は食べ始めた。
なぜか、今、栄田も徳山愛と食事しているに違いない、と分っていた……。

13 燃える夜

そう。──簡単なことだ。

市川美奈子は、目の前に置かれたルームキーを、じっと見つめていた。

その内に、ルームキーが煙のように消えてしまうのではないかと願いながら。でも、もちろんそんなことはないのである。

「君に任せるよ」

と、東野は言った。「無理に、とは言わない」

そう言われる方が、むしろ美奈子にとっては圧迫感がある。

しかも東野はこのホテルのルームキーを美奈子の前に置いて、自分は席を立っていた。

東野はこの部屋で待っているのだ。

東野が、巧みに美奈子のマネージャー、久保を「追い払った」ことも、美奈子は察していた。

「たまたま食事に誘った」ように見せて、ホテルの中のレストランをちゃんと予約してある。

そして食事の途中、ちょっと席を外して、食事が終ったとき東野はルームキーを美奈子の前に置いたのである。

「君が決めることだ」

と、東野は言った。

それまで、食事をしながら東野は美奈子に自分の事務所へ来いとくり返し誘った。

「一年で、君をトップスターの一人にしてみせる」

と、自信たっぷりに言った。

美奈子も、そう若くはない。今のこのチャンスを逃したら、おそらく「次の機会」は巡って来ないだろう。

事務所を移ることに関しては、美奈子の中で、既に決心がついていた。

その話の後の、このルームキーだ。

ルームキーといっても今はカード式なので、東野も一枚持っている。

東野は美奈子を一人残して、先に部屋へ行った。それは美奈子に「帰る自由」を与えているかのようで、実は逆だ。

東野なしでは、やっていけないことを示しているのだとも言える。

拒むことはできない。——冷静に考えれば、美奈子にも分っていた。

でも……。ためらいがあった。

栄田の顔が思い浮ぶ。

栄田に恋人がいることも分っているが、もし美奈子が仕事のために東野と寝たと知ったら、栄田は彼女を軽蔑するだろう。

美奈子の命まで救ってはくれたが、そのことに対して、何のお礼も感謝もしていない。

美奈子は少し迷ってから、ケータイを取り出し、栄田にかけた。

呼出してはいるが、出ない。二度かけた。

諦めかけたとき、

「もしもし」

と、栄田の声が聞こえて来た。「ごめん！　周囲がにぎやかでね、気が付かなかった」

確かに、栄田の声は周りの騒音に埋《うも》れそうだ。

「外なのね。ごめんなさい」

と、美奈子が言うと、

「ちょっと待って。このまま、切らないで。いいね？」

と、栄田は言って、どこかへ移動したのだろう、何秒かすると急に静かになった。「――もしもし？」

「聞こえるわ」

「ちょっと食事してたんだ。騒がしくて申しわけない」

「いいえ。お邪魔してごめんなさい」

「いいんだよ。――何か僕に用で？」

美奈子は、話そうとしてためらった。

「あの……事務所を移らないかって誘われたの。——東野さんに」

「東野……。ああ、あのときの人だね」

と、栄田は少し考えていた様子だったが、「君にとってはプラスになることなの?」

「たぶん……。ええ、きっと」

「それなら、いいじゃないか」

「ええ」

言葉が出て来ない。——そのためにはね、これから東野と寝なきゃいけないのよ。

栄田さん、その後でも、私と口をきいてくれる?

「栄田さん——」

と、美奈子が言いかけたとき、栄田のそばで、

「誰から電話?」

という女の声がした。

「マンションの居住者だよ」

と、栄田が答えている。「すぐ戻るから」

「早くね」

少し甘えるような、その口調。——美奈子は、栄田とその女との仲を察した。

マンションの居住者。私は「その一人」に過ぎない。

「もしもし、美奈子君?」

「ごめんなさい。何だか決心がつかなかったの。でも、決めたわ」

「そうか。じゃ、いいんだね」

「ええ。ありがとう、聞いてくれて」

「いや、僕は……」

「じゃ、またね」

「頑張って」

通話が切れた。

美奈子はケータイを少しの間眺めていたが、やがて電源を切って、バッグへ戻した。

そして、ルームキーのカードを手に取ると席を立った。

仕事だ。——これもドラマの一部なのだ。

美奈子は、エレベーターに乗るときも、そのスイートルームのドアを開けるときも、東野の腕に抱かれ、唇を奪われるときも、そう自分へ言い聞かせていた。

これもドラマの一場面なのよ、と……。

恭子がお肉の皿を空にしてしまうと、北崎はビールを飲みながら笑った。

「ごめんなさい」

と、恭子は少し顔をほてらせて、「私、食べ過ぎてる?」

「いや、いいんだよ」

北崎はもう一皿注文しておいて、「若いんだなあ、と思ってね」

「凄く食欲があるの。それに、ここのお肉、とってもおいしい」

恭子もビールを飲んで、少し酔っていた。

「私……図々しいわね。北崎さんにこんな口きいて」

「いいじゃないか。何も僕が君の上司ってわけじゃない」

「でも——仕事を世話して下さって」

「それは僕の好意だ。それに、野口の代りに償いをさせてもらわないと」

「あの人、大したものおごってもくれなかったわ」

「金がなかったのさ。あいつはこれからもっと大変だ」

「どうして?」

と、箸を持つ手を止めた恭子は、ふと顔を上げた。「——野口さん」

野口が店に入って来ていた。

真直ぐに恭子と北崎のテーブルへとやって来る。

「何だ、野口」

と、北崎は素気なく言った。「こんな所まで、何の用だ」

「人をクビにしといて、自分は女と焼肉か。いい気なもんだな」

野口は目がすわっていた。

「よせ。他の客に迷惑だ」

「命令はよしてくれ！　クビになりゃ、もうあんたの部下でも何でもない」

野口の声は段々大きくなって、店の客がみんな手を休めて振り返っていた。

「やめろ！　みっともないぞ」

「今さら見てくれなんかどうだっていいや。あんただって、この女をホテルへ連れ込もうとしてるくせに！　偉そうな口をきくな！」

野口が拳でテーブルを叩いた。

恭子は半分ほど入ったビールのグラスを手に取ると、立ち上るなり、中身を野口の顔に叩きつけるようにかけた。

「頭を冷やしてよ」

と、恭子は言った。「嘘をついてたのはあなたじゃないの！」

野口はワイシャツを濡らして滴《したた》るビールを拭《ぬぐ》おうともせず、呆然として恭子を見ていた。

「もう帰れ」

と、北崎が言った。「人に文句を言ってる暇があったら、自分の身の振り方を考えるんだな」

店員がやって来て、

「お客さんにご迷惑ですから」

と、野口を促した。

野口は夢からさめたように、店の中を見回していたが、やがて駆け出すように店を出て行ってしまった。

「お騒がせして、失礼しました」

と、北崎が立って店内の客に詫びる。

店内はまたガヤガヤとにぎやかな状態に戻った。

「――さあ、食べよう」

「北崎さん。野口さん、クビなの？」

「うん。しかし、君とのことが理由じゃないよ。もともといつリストラされてもおかしくない奴だったんだ」

北崎の口調には、同情のかけらもなかった。

「そう。――きっと、そんなことだろうと思った」

「さあ、あんな奴のことは忘れて、もっと飲もう。大丈夫だろ？」

「ええ」

恭子は店の人に、「グラス、替えて」

と頼んだ。

「何ならワインでもいくかい」

「いいの？　じゃ、ワインにする」

酔いたかった。――恭子にとって、野口は初めての男だった。

妻も子もある。これからどうやって暮していくのだろう。

もちろん、恭子がそんな心配をしなければならない理由はないが。

「——恭子君」

と、北崎は言った。

「え？」

「誤解しないでくれよ。あの野口の言ったのはでたらめだ」

「何のこと？」

「つまり……僕が君を……誘惑するために食事に連れて来た、ってことさ。そんなことを考えてはいない」

「分ってるわ」

と、恭子は肯いて、「あなたにも、奥さんや子供がいるんですものね」

「ああ、そう。——そうだよ、僕は野口とは違うからね」

しばらく、恭子は黙々と肉を焼いては食べていた。

ワインもグラス二杯、空けた。こんなに酔ったことはないような気がした。

「——北崎さん」

少しトロンとした目で見つめる恭子は、自分で思っている以上に色っぽかった。

「何だい？」

「私は構わないけど」

「構わない、って何が？」

「あなたが野口とあまり変らなくても」

と言って、恭子は微笑んだ。


「夢のようだわ」

と、ため息と共に愛は言った。

「僕もそう思うよ」

栄田は指先で、徳山愛の若々しい、滑るようにしっとりとした肌を辿《たど》った。

「くすぐったい」

と、愛は笑って言った。

「可愛いな、君は」

栄田は腕の中に、愛のきゃしゃな体を力を込めて抱きしめた。

――栄田のアパートである。

愛と食事をしているとき、恭子からメールが入って来た。

〈今夜は帰らないで、お友だちの所に泊るから心配しないで。恭子〉

それは、栄田に与えられた機会だった。

いや、アパートがだめなら、どこかホテルを取っても良かったのだ。しかし、栄田にとっては、自分のアパートに愛が来てくれることが大切だった。

愛も、ためらわずについて来た。

そして、今二人はいささか狭いベッドの中で、熱くほてった肌を寄せ合っている。

「――結婚しようか」

と、栄田は言った。

「え……」

「結婚してくれるかい？　いや、してくれ！」

愛はふき出して、

「せっかちな人ね」

「いけないか？　誰か決めた人でも？」

「いたら、こうしてついて来ないわ」

「じゃ、僕でいいんだね」

愛は真顔になって、

「あなたこそ……。いるんでしょ、好きな人が」

「今は君だけだ。君に会うまで、付合っている女性もいたが」

「さっきの人ね。『マンションの居住者』っていう」

栄田はちょっと笑って、

「あれは違うよ。本当に〈Kヒルズ〉のマンションにいる女優で――。今度、TVドラマの主役をやる、市川美奈子という子だ」

愛は少し考えて、

「もしかして、あの事件の?」

「記者会見のこと? あれに出ていた子だよ」

「へえ……。じゃ、本当にいいの? 私みたいな田舎者で」

「都会は田舎者で一杯さ」

栄田は伸びをした。「このまま君を抱いて眠ってしまいたいな」

「私はいいわよ」

「仕事がある」

「そうか。——夜警ですものね」

「給料をもらってる以上はね」

「私も戻るわ」

と、愛はベッドに起き上った。「姉から連絡があるかもしれない」

栄田はもう一度、愛を抱き寄せてキスした。

「——一緒にシャワーを浴びよう」

二人がシャワーを浴びる音を、加藤恵美は表で聞いていた。

恵美は、栄田の部屋のドアの前で、じっと立ち尽くしていた。

栄田の部屋は、表の通路に面して、バスルームの窓がある。

もちろん、中が覗けるわけではないのだが、お風呂に入っていることは、音で分る。

恵美も、何度となく、栄田と愛し合った後、ここでシャワーを浴びた。そしてときどき思ったものだ。

今、外の廊下を通っている人がいたら、こんな昼間に、きっと女と寝たんだろう、と察しているかもしれないと……。

シャワーの音に混って、栄田の笑い声が聞こえた。そして、若い女の子のはしゃぐ声も……。

恵美は、胸から血を吐く思いで、それを聞いていた。

栄田が、もし他の女とどこかホテルにでも泊って来たのなら、これほど傷つきはしなかったかもしれない。

このアパート、彼が恵美との日々を重ねて来たアパートで、あの娘と寝たこと。それが決定的に違っていたのだ……。


「一緒に〈Kヒルズ〉まで行こうか」

と、栄田は言った。

「だって、あなたはまだ早いんでしょ?」

と、愛は髪を束ねてとめると、「私、先に行くわ。一緒にいるのを見られたら、恥ずかしい」

「構やしないじゃないか」

と、栄田は笑って言った。

「東京なら、そうかもしれないけど、田舎じゃ大変なの」

と言って、愛は素早く栄田にキスした。「夜、電話で仕事の邪魔してもいい？」

「君の邪魔なら大歓迎だよ」

「嬉しいわ。それじゃまた明日」

愛は靴をはくと、栄田に向って笑顔で手を振った。

愛が出て行くと、出勤の仕度をしていた栄田は、ちょっと手を止めて息をついた。

――夢のような時間が過ぎた。

「愛……」

栄田は、こんなにも短い時間の中で、人を愛することがあろうとは、思ってもみなかった。

運命というものがあるのなら、正にこの愛との出会いだろう。

栄田はベッドに腰をおろして、つい今しがた体験したひとときの悦楽を思い出そうとしていた……。

玄関のドアをノックする音がした。

愛が出て行って、まだ五分とたっていない。

忘れ物でもして戻って来たのか。

「開いてるよ」

と、栄田は声をかけた。

ドアが開いて――加藤恵美が入って来た。

「良かった。いたのね」

と、恵美は微笑んで、「鍵、かけないなんて無用心だわ。あなたらしくもない」

「ああ……」

「近くまで来たから、寄ってみたの。何か、急ぎの用でも？」

と、恵美は部屋へ上って来た。

「いや、別に」

栄田は、どうしていいか分らず、途方に暮れていた。――こんな思いをするのは初めてだ。

もし、もう少し時間があれば、恵美に徳山愛のことを打ち明けるいい機会だと思っただろう。だが今、栄田は恵美にどう話したらいいか、全く考えていなかった。

「シャワー浴びたの？」

と、恵美が栄田のそばへ寄って手を伸し、栄田の濡れた髪に触れた。

「ああ。――眠気覚ましだよ」

「ご苦労さま。お客様の案内はもうすんだの？」

栄田は少し考えてから、恵美への言いわけを思い出して、

「ああ。もう終った」

と肯いて見せた。「君……」

「私はもう暇よ。――ちょっとトイレ借りるわね」

このアパートはバスとトイレは別になっている。

恵美がトイレに入っている間に、栄田はバスルームに掛けてあるバスタオルを急いで洗濯物のカゴの中へ放り込んだ。

どうしよう？　――いざ目の前にすると、栄田は恵美に真実を告げていいものか、迷った。

もちろん、いつか話さなくてはならない。しかし、今でなくても……。

「――もう出かけるの？　まだ少し早いでしょ？」

と、恵美は言って、栄田の肩にもたれかかった。

「うん、まだ……」

「じゃあ――抱いてよ」

と、恵美は自ら栄田の唇を求めた。

栄田は、ためらいながら恵美を抱いた。

ほんの何分か前、愛を抱いたばかりだが、今恵美を拒めば、却って申しわけないことになるような気がしていた。

「いやなら、無理しなくていいのよ」

と、恵美に言われると、怪しまれるのを恐れて、

「いやなわけがないじゃないか」

と、栄田は笑って、恵美を抱いたまま、同じベッドの中へと倒れ込んだ。

「あの子の言う通りだったわ……」

恵美の心の中の思いが、つい口から出ていた。

ウトウトしていた栄田は、目を開けて、

「——誰の言った通りだって？」

「いえ、何でもないの」

恵美はそう言って、栄田に熱くキスした。「いつもの通り、すてきだって言ったのよ」

「ありがとう」

栄田は大欠伸して、「——さて、そろそろ出ないと」

「そうね。遅刻しないで」

「まだ大丈夫」

栄田はベッドから出た。「——君、泊っていくかい？」

「帰るわ。もう少しゆっくりしてからね」

「ああ、いつでもいいよ。ゆっくりしてってくれ」

栄田が身仕度して出かけて行くのを、恵美はベッドの中から見送った。

玄関のドアの閉る音。——鍵のかかる音。

恵美は裸の体をベッドに横たえて、じっと天井を見上げていた。

心は凍っているのに、体は燃えて、今も熱くほてっている。

ベッドには、「他の女」の匂いがした。

栄田は気付かなかったのだろう。——恵美は、まるで他の女と二人で、同時に栄田を共有しているかのような錯覚を起しかねなかった……。

恵美は起き上った。

「――ね、言った通りだったでしょ」

あの少女が、ベッドのそばの床に立て膝を抱え込むようにして座っていた。

「あなたね……」

「男って、こんなものよ」

「そうなのね。――あの人は違うと思ってたのに」

「迷ってるだけかも……」

「迷ってる?」

「新鮮なのよ。都会の子を見慣れた男の人にとっては」

「そうね……」

「でも、清純なイメージに、栄田さんは参ってるけど」

と、少女は含み笑いをして、「清純な子が、初デートで男のアパートに来て寝る?」

「そうよね」

「散々恥じらってたけど、これが初めてでもないんだし。うまく引っかかったのよ、彼は」

「徳山愛に?」

「そう。故郷の町へ行って調べてみれば分るわ。散々遊んでる女なのよ」

「じゃあ――栄田さんは騙されてる?」

「でも、子供じゃないものね。お互いに」

と、少女は肩をすくめた。「このままなら、三日としない内に、結婚だね」

「そんなに急に？」

「式はともかく、入籍してしまおうって言い出すわ、彼の方が。そう言わされてるんだけど、気が付いてない」

「冗談じゃないわ！」

「でも、どうしようもないわよ。のぼせてるときは、何を言っても」

「私は――もう何年も付合ってる。彼のことは誰より分ってるわ」

「そうよね。でも、どんな方法がある？」

と、少女は言った。「徳山愛に死んでもらうとでも言うのならともかく……」

恵美は少女の視線を受け止めた。

それが少女の言葉なのか、自分の心の声なのか、よく分らなかった。

「――そんなことができる？」

と、恵美は言った。

「東京は事故の多い所よ」

と、少女は言った。「特に、車の少ない田舎から出て来た子は、不注意になりやすいわ」

「そう……。そうね」

「〈Kヒルズ〉の辺りは、夜中でも一晩中車が走ってるし」

「ええ……」

「栄田さんは、夜中ずっと巡回して歩いてる。彼女が、夜中に会いたくなって起き出して来ても、ふしぎじゃないわ」

「そうね……。夜中の〈Kヒルズ〉なんて、面白いものね」

「ね？　いつもの栄田さんなら、巡回に女を連れて歩いたりしないけど、今は、甘えられたら喜んで……」

「そうね」

「歩いてる内に、栄田さんが何か急な用で呼ばれて、あの女が一人になる。——事故は、思いがけない所で起るものよ」

「よく分るわ」

「でも——もちろん、これはたとえばの話よ」

「ええ……。分ってる」

「服を着たら？」

少女にそう言われて、恵美は初めてまだ裸でいることに気が付いた。

「シャワーは使わないわ。あの女の匂いが残ってる」

「そうね。——あの女がいなくなれば」

「ええ。いなくなったらね」

「栄田さんも目を覚ますわよ」

「だって、結局、彼はあなたを愛してるんだもの」

少女の声は、甘く響いた。

「ありがとう」

と、恵美は言った。「悪いのは、あの女なのよね」

「ええ、そうよ」

「彼を、悪い女から救ってやらなきゃ……」

「あなたにしかできないわ」

「私にしか……」

恵美の目に、ふしぎな輝きが映っていた。

「きっとね」

14 使命

「帰るわ、私」

と、恭子は言った。

「え？」

身仕度をしていた北崎は当惑して、「泊っていくんじゃなかったの？」

「そのつもりだったけど……。一人で泊っても。――それに、東京へ来て間もないから、兄が心配するかもしれない」

「ああ……。それなら……」

北崎は肯いた。「じゃ、一緒に出るかい？」

「ううん、女は仕度が手間取るわ。先に出て。お宅で心配するわ」

「分った」

北崎はベッドにいた恭子の方へ歩み寄って、軽くキスした。「――すてきだったよ」

「ええ、私も楽しかった」

「また……君さえ良かったら」

「それじゃ、行くよ」

と、北崎は言って、ネクタイの曲りを直した。「これでいいかい?」

「ちゃんとしてるわ。すてきよ」

「じゃあ……」

「もちろんよ」

北崎が部屋を出て行く。

一人、ベッドの中に残った恭子は、砂をかむような思いを抱きしめていた……。

恭子はぼんやりと天井を見上げていた。

「男ね」

と呟く。

分ってはいた。——結局、北崎だって、ただの「男」なのだ。

野口とどこが違うかと言われれば……。

確かに、野口は今や「失業者」で、北崎は課長だ。しかし、それがどれほどの違いなのだろう?

恭子は、北崎にもう少し、野口と違う「何か」を期待した。

しかし、大して違いはなかった。特別のときめきも、歓《よろこ》びもない。

野口のときには、まだ「東京へ行く」という夢が重なって見えていて——それはただの幻だったが——ワクワクさせられたものだが……。

その代り、北崎には恭子に本当に仕事を世話してくれる力がある。そう。——それまでは北崎と寝てもいい。仕事を世話してくれたら、そのお礼に一回ぐらい寝ても……。

でも、その先はうまく言って逃げてやろう。

そういつまでも「つまみ食い」させてやるもんか。

泊らずに帰ると恭子が言ったとき、北崎の顔に浮んだ表情は、明らかに、

「それなら一泊分払わなくても良かったのに……」

と言っていた。

その顔は、野口と少しも変らなかった。

北崎もまた、何食わぬ顔で家へ帰り、子供の相手をし、妻を抱くのだ。

恭子はベッドから出た。

そして、自分でも気が付いていなかったが、野口のときと同じ鼻歌を歌いながら、バスルームへと入って行った……。

栄田は足を止めた。

「何をせかせか歩いてるんだ」

と、自分に向って呟く。「巡回してるんだぞ。周りを見ないでどうする」

いつになく、短い時間でルートの半分近くまで来てしまって、ハッとしたのである。

今、自分が歩いて来た所がどうなっていたか、全く思い出せない。

いや、何か異常があれば、いくら何でも気が付いただろう。しかし、いかに自分がぼんやりしていたか……。

〈広場〉に出るエスカレーターだ。

栄田は、一旦〈広場〉に出たら、少し気持が落ちつくまで待とう、と思った。

「高校生じゃあるまいし……」

我ながら呆れてしまう。

むろん、栄田がこんな状態なのは、徳山愛のせいである。それは間違いない。

〈広場〉へ出て、息をつく。

「やれやれ……」

愛が、「邪魔をする」と言っていたことを忘れてはいない。その電話をずっと待っている自分がいた。

むろん、その一方で、加藤恵美に対して申しわけないという重苦しい思いもある。しかし、今の栄田にとっては、愛の放つ強烈な光の明るさの前に、恵美は「昼間の月」のようなものだ。

「おめでとう」

という声に振り向くと、エスカレーターにもたれて――今は停止している――あの少女が立っていた。

「君か……」

「いやな顔しないでよ」

と、少女は微笑んだ。「私、素直に祝福してるのよ」

「何のことだい？」

と栄田は訊いた。

「私には何も隠しておけないのよ」

「そうか」

と、栄田はちょっと笑うと、「――じゃ、僕の相手も知ってるね」

「ええ、もちろん」

「君が――見せてくれた、香川さんとあの平山医師の話だが……。あれは事実なんだね。つまり、彼女のお姉さんが狙われているわけで……」

「見た通りよ」

「このまま放っておいたら、友代さんはご主人に殺されてしまうのか？」

少女はちょっと肩をすくめて、

「私は占い師じゃないからね。人間は色々変ることもあるわ。でも、そうなる可能性は高いわね」

「何とか、そんなことになるのを防ぎたい。どうしたらいい？」

「私にも何ともできないわ。あなたが考えて」

「そうか」

と、栄田はため息をついた。

「君に訊けば何か分るかと――」

少女は見えなくなっていた。

そして、

「栄田さん！」

と、じかに声がして、愛が〈広場〉を横切って、やって来るのが見えた。

栄田が手を振ると、愛は駆け出して、彼の胸に飛び込んで来た。

「おい、危いよ」

と、栄田は笑って――次の瞬間、愛を強く抱きしめ、熱いキスを交わしていた。

「――あなたに会いたくて、一睡もできなかったわ」

と、愛は言った。

「嬉しいよ」

「仕事の邪魔ね」

「構やしない」

栄田はもう一度キスした。――愛は、

「ちょっと待って」

「え？」

「姉が……」

栄田は、〈広場〉をゆっくりやって来る香川友代を見て、あわてて離れると、

「早く言ってくれよ！」

「だって言おうとしたら……」

「――友代さん」

「栄田さん、今晩は」

友代はいつもの通り穏やかに、「妹がお世話になりまして」

「は……。あの……」

栄田は赤くなりながら、「申しわけありません」

と、制帽を取って詫びた。

「正直に申し上げて、まだそういう仲になるのは、少し早いようにも思いますが」

「恐れ入ります」

冷汗が出る。

「でも――」

友代は微笑んで、「栄田さんのような方にこの子をもらっていただけたら、私は安心ですわ」

栄田はホッとして、

「ありがとうございます！」

と、深々と頭を下げた。

「お姉さん、ありがとう」

「あなたも、いい方に出会えて良かったわ」

「うん」

愛は栄田の腕にしっかりと腕を絡めた。

「でも、いつの間に、そんなに積極的になったの?」

「いつまでも子供じゃないわよ」

明るい笑い声が、〈広場〉の空間に響いた。

「――友代さん。ご主人は?」

と、栄田は訊いた。「こんな時間に起きておいでで……」

「主人は出張で大阪です。明後日までは帰りませんわ」

と、友代は言った。

「そうですか」

では、とりあえず危険はない。

栄田はホッとした。

「お姉さん。私、栄田さんと一緒に巡回してから戻るわ」

「あなた――お邪魔しちゃだめよ」

と、友代は苦笑して、「じゃ、栄田さん、よろしく」

「ちゃんと送り届けますから」

と、栄田は言って、愛の肩を抱いた。

「じゃ、私は一足先に戻ってるわ」

「うん」

友代が住宅棟へと戻って行く。

「――やれやれ、汗をかくよ」

「こんなに涼しいのに?」

「君のせいだ」

「汗なら、他のときにかいてよ」

と、愛はいたずらっぽく言って、「さあ、巡回しましょ」

二人がしっかりと腕を組んで〈広場〉を横切って行くのを、恵美は見送っていた。

――あの人が。

仕事についてだけは厳しかった、あの人が……。女を連れて巡回するなんて!

「男は堕落するわね、女次第で」

と、声がした。

「あなたね」

恵美は少女の方を振り向いた。

「今夜は、あの女のお姉さんもいるから、やめた方がいいわ」

「でも……」

「あの女を始末するなら、一人のときでなきゃ」

「そうね……」

「今はもう、彼から離れないわよ」

「そうね」

「大丈夫。チャンスはあるわ」

「そうね……」

恵美は肯いた。

「天はあなたの味方よ」

少女の言葉に、恵美はちょっと笑って、

「あなたって、ときどき古くさい言い方をするわね」

「見かけよりは年齢《とし》とってるの」

と、少女はニッコリ笑って、「もう帰ったら?」

少しも眠気はさして来なかった。

——栄田は、仕事を終えて〈Kヒルズ〉を出たところだった。

愛とは何時間も一緒にいて、マンションまで送って行った。

栄田は、表に出て伸びをした。——エネルギーが漲《みなぎ》っている。

恋だ。俺は今、本当の恋をしている。

「栄田さん」

車から降りたのは、市川美奈子だった。

「ああ。――おはよう」

「おはよう」

車が走り出す。美奈子は車の方へ会釈した。

車の中の男の顔が、チラッと見えた。

「あれは……」

「東野さんよ、プロダクションの社長」

「ああ、そうだね」

栄田は美奈子を見た。美奈子が目をそらして、

「ずっと一緒だったの」

と言った。

「そうか」

「そうしないと、いい仕事が来ないわ。――私、もう若くないし、どんどん若い子たちが出て来るんですもの」

「分るよ。――深く考えないで」

「でも……私を軽蔑するでしょ?」

「まさか。――人には色々事情があるよ」

「ありがとう」

美奈子は、笑顔を作って、「でも、本当は叱ってほしかったわ。そんなことやめろ、って」

「美奈子君……」

「おやすみなさい。私も少し眠るわ」

美奈子は素早く栄田の頬にキスして、〈Kヒルズ〉の中へ入って行った。

15 正義

寝返りを打った拍子に、野口はズルズルとベッドからずり落ちていた。
さすがに目が覚めて、
「おい……。道子《みちこ》。――おい」
と、まだ少しもつれた舌で妻の名を呼んだ。
「何だ？」
俺はどうしたんだ？
起き上ってみると、裸のままだ。
そうか……。ゆうべ遅く帰った。もちろん酔っていた。
北崎と栄田恭子のいる焼肉屋に入って行って……。そうだ、恭子の奴！
俺にビールをかけやがった。
クビを宣告され、女にビールをかけられ、すごすごと退散しなくてはならなかった。
酔って帰るしかなかったのだ。
そして――何だかわけが分らないままに、妻の道子をベッドへ押し倒した。

道子もいやがりはしなかった。野口は久々に「妻も女だということ」を思い出した。

それからぐっすりと眠り……。

「おい、道子」

パンツをはいて、寝室を出る。

居間へ入ると、もう午後三時を回っている。

「やれやれ……」

どうせクビだ。——そうだ。道子とやり直そう。

野口は、道子となら新しい生活が始められるという気がした。むろん、娘もいるし……。

テーブルに、野口のケータイが置いてあった。メールが来ている。

取り上げて、ボタンを押した。

道子からだ。

〈あなた。今日子《きょうこ》を連れて家を出ます。

今朝、あなたが一向に目を覚まさないので、会社へ休みますと連絡したの。そしたら、北崎さんが出られて、すべて話して下さったわよ。

あなたがリストラされること。若い女の子を、課長だと偽ってホテルへ連れ込んでいたこと……。

実家へ帰って、もう戻りません。

離婚の話し合いについては、弁護士さんを通して連絡します。

道子〉

野口の手から、ケータイがストンと落ちた……。

「栄田と申します」

と、恭子は受付で言った。「北崎課長さんとお約束が」

「お待ち下さい」

受付の女性が内線電話を取り上げる。

恭子は受付の後ろの壁の時計に目をやった。

五時にあと三分ほど。

「五時少し前に来てくれ」

という北崎からの連絡だった。

「――どうぞ」

と、受付の女性が立ち上って、「応接室でお待ち下さい」

「はい」

恭子は、案内されて小さな応接室に入り、大分古びたソファに腰をおろした。

すぐに、社内に五時のチャイムが鳴って、ザワザワと帰り仕度をする社員たちの気配がした。

ドアが開いて、北崎が顔を出した。

「やあ」

「昨日はどうも」

と、恭子は微笑んだ。

「いや……」

北崎はチラッと周囲を気にして、中へ入って来るとドアを閉め、恭子の方へ寄って来た。

「口紅がつくわ」

「軽くだよ」

北崎と唇を触れ合う。

「これが用事？」

「そうじゃない。うちの出入りの業者に、君の就職を頼んどいた」

「大丈夫なの？」

「帰ってから返事すると言ってたが、まあ十中八九、大丈夫だ」

十中八九じゃね。——百パーセント確かでなきゃ。

私は安売りしないわよ。

「ごめんなさい」

と、恭子は少し身を引いて、「今日はだめなの。兄が一緒に食事しようって。楽しみにしてるから」

「そうか……」

北崎は失望を隠そうとしなかった。

「明日ならいいわ。そちらの返事もあるでしょ」

「ああ。じゃ、そうしよう」

明日ね。——そして、明日で「終り」にしましょう。

恭子はそう決めていた。

「じゃ、行くわ」

と、恭子が立ち上ると、北崎はもう一度恭子を抱きしめてきた。

「北崎さん……」

「口紅なんか、後で拭くよ」

半ば強引に唇を押し付けてくる。

ドアが開いて、

「北崎課長——」

受付の女性が、絶句して二人を眺めていた。

北崎は恭子から離れて、

「何だ?」

と、顔をしかめて言った。

「あの——野口さんが来てます」

「野口が?」

「ご相談があるとかで……」

「分った。すぐ行く」

ドアを閉める受付の女性の目は、ジロジロと恭子を見ていた。

「まずかったわね」

「ノックぐらいしろって言うんだ」

北崎は文句を言いつつ、ハンカチで唇を拭いた。

北崎がかなり動揺しているのは、恭子の目にも明らかだった。目撃した受付の女性の表情から見ても、北崎はおそらくこんなことをしそうにない男と思われていたのだろう。

おそらく——いや、間違いなく明日の朝までには、この出来事は全社員の間に知れ渡っている。

「野口さん、今日は出社してなかったの？」

と、恭子は訊いた。

「ああ。野口の奥さんから電話がかかって来たんで、ちゃんと事情を説明しといたよ」

「野口さんは話してなかったの？」

「まるで知らなかったよ。——まあ、いずれ分ることだ」

「そうね……」

「行くよ。君は今出るとまずいかもしれない。野口と顔を合せたくないだろ。少しここにいるといい」

「そうするわ」

「じゃ……」

何か言いたくても、何を言っていいか分らないのだろう。北崎は無理に笑顔を作って、応接室から出て行った。

恭子はソファにまた腰をおろしたが、落ちつく間もなく、甲高い悲鳴がドア越しに聞こえて、立ち上った。

「誰か！」

「一一〇番しろ！」

「救急車だ！」

と、いくつもの声が重なり合う。

バタバタと駆ける音。

まさか……。やってしまったの？

ドアを開けるときには、恭子はもう何が起ったか察していた。

しかし、ドアを出るなり、二、三メートルの所に、ワイシャツを血で染めた北崎と、小型の包丁を手にした野口がいるとは、思っていなかったのである。

北崎は、恭子を見ると手を差しのべて、よろけながら進んで来た。

「助けてくれ……」

北崎の声が震えている。

野口は、少しも凶悪な表情をしていなかった。包丁を握った手も、ワイシャツも血で汚れていたが、返り血なのだろう。

「やあ、君か……」

野口は恭子を見ると、ニッコリと笑いさえした。そして同時に、逃げようとする北崎の背中に切りつけた。

北崎は涙声になって、

「やめてくれ……。勘弁してくれ……」

と、呟き続けていた。

「痛そうですね、北崎課長。痛いですか？　血が出てますよ。どうしたんですか？」

野口はそう言って、声を上げて笑った。

恭子はゾッとして、応接室の中へ飛び込むと、力一杯ドアを閉め、開けられないように押えた。

ドアを叩く音がして、

「開けてくれ……。恭子、開けてくれ。中へ入れてくれ……」

北崎の弱々しい声が聞こえて来る。

やめて、やめて！　私は知らない！　何も知らないわ！

ノブがカチャカチャと回ったが、恭子は必死でドアを押えていた。

「恭子……。お願いだ……」

そう言ったきり、北崎の声は途切れて、やがてドアをズルズルとこする音と共に、床に崩れたようだった。

「失礼しました！」

野口が威勢良く言うのが聞こえた。「課長、お世話になりました。――失礼します」

野口は、何か演歌のようなものを、調子っ外《ぱず》れに歌いながら、遠ざかって行った。

少しして、何か怒鳴る声。物の壊れる音がした。

――恭子はこわごわドアを開けた。

ドアの前に、北崎がすでに息絶えて倒れている。血だまりがゆっくりと廊下へ広がっていく。

「――ガードマンが取り押えたよ」

「刃物は？」

といった声。

恭子は、ショックよりも今、早くこの場から逃れなくては、と考えていた。

ここでぐずぐずしていたら、警察がやって来る。そして、当然恭子も事情を訊かれるだろう。

いやだ。そんなことに巻き込まれたくない！

今なら――。そう、今は居合せた社員たちも呆然としている。

そして、北崎も野口も、恭子のことをそう詳しく知っているわけではないのだ。

恭子は、北崎の死体からできるだけ離れて受付の方へと足を向けた。

「パトカーが今、一階前に」

と、誰かが言った。

恭子は急いでエレベーターへ駆け寄って、ボタンを押していた……。


眠りは深かった。

ケータイが鳴っているのに気付いて、目を覚まし、手を伸した。

「――栄田です」

〈Kヒルズ〉のオフィスからだった。

「市川美奈子、知ってるだろ？」

と訊かれて、一瞬不安になる。

「もちろんです。彼女に何か？」

と、ベッドに起き上っていた。

「いや、TV局から電話でね。今、市川美奈子の主演で収録してるTVドラマの中でね、〈Kヒルズ〉でロケしたいと言って来てるんだよ」

栄田はとりあえずホッとした。

「そうですか」

「上にも相談したが、断る理由もないだろうということでね。明日の夜と明後日の昼、夜というスケジュールでロケすることになったんだ」

「はあ」

「君、詳しい話を聞いて、対応してくれないか」

「分りました」

と、栄田は言った。「先方の希望を先に聞きますか。こちらの条件はいつも通りでいいですね？」

「うん、いつもと同じでいい。もし、向うが何か特別な希望を出して来たら考えよう」

「分りました。誰に連絡すれば？」

栄田は、TV局のプロデューサーの名前と、ケータイ番号を聞いてメモした。

——欠伸をして起き出すと、今朝方、市川美奈子と会ったことを思い出した。

あの東野とかいう「大物」と泊ってきたと言っていた……。

市川美奈子の目は悲しげだった。

スターになっても、苦労はある。当然のことだろうが……。

しかし、今の栄田は徳山愛のことで頭が一杯だった。市川美奈子の心の中にまで、考えは及ばない。

しかし、ドラマの収録となれば、美奈子が頑張っている姿を身近で見られるのは楽しみだった。

そして、もちろん——愛にも会える！

栄田はシャワーを浴びにバスルームへと向った。

鼻歌混りにシャワーを浴び、栄田はバスタオルで体を拭きながら、バスルームを出た。

そして、びっくりして立ち止った。

「——恭子！　びっくりするじゃないか」

と、栄田はあわててバスタオルを腰に巻いた。

しかし、恭子は兄のことなど全く見ていなかった。

コートも脱がず、呆然とソファに座り込んでいる。

「どうしたんだ？　——おい、恭子」

恭子がゆっくりと兄の方へ顔を向ける。

「お兄ちゃん……」

子供のころの恭子の顔だ、と栄田は思った。

小さいころ、何か怖いことがあると、兄の所へ助けを求めて来た……。

「何かあったのか」

と、栄田は訊いた。

「死んじゃった」

「——何だって？」

また「死」という言葉を聞くのか？

「落ちついて話せ。誰が死んだっていうんだ？」

「北崎さんが……」

「北崎？　誰だ、それは」

「野口さんが殺したのよ。私は何も関係ない。何もしてないわ」

そう言って、恭子は泣き出した。

「殺した」という言葉を聞いて、栄田は息を呑んだ。

これはいい加減にすませておける話じゃないぞ。

「待ってろ。今、服を着る」

栄田は急いで身仕度をした。

しばらく泣きじゃくっていた恭子は、そのころには落ちついてきていた。

「――大丈夫か」

「うん……」

恭子の涙は、悲しさのせいではなく、ショックから来たものだと分った。

「話してみろ」

と、栄田は妹の手を優しく取って言った。

「初めから。――できるな？」

「うん」

恭子は肯いた。

恭子は、故郷の町で野口と会って、関係を持ったことから話し始めた。

「それで上京して来たのか」

「うん。でも、野口さんは迷惑がるだけだった……」

上司に当る北崎との出会い。そしてクビを宣告された野口が、会社で北崎を刺したこと……。

「——北崎さん、私の目の前で刺されて死んだわ。私のせいね」

「お前のせいじゃない。その北崎って人は気の毒だが、野口って男がクビになったのは自分の責任だ。お前のことがなくても、いずれ同じことになったさ」

栄田は、本心からそう思ったわけではない。

野口も、おそらく「クビ」と共に、恭子を北崎という上司に奪《と》られたという気持があって、凶行に及んだのだろう。

しかし、今、恭子は、

「お前のせいじゃない」

と言ってほしいのだ。

今はともかく落ちつかせるしかない。

後になって、ゆっくりと言って聞かせよう。

だが、事は殺人事件だ。

「——私も捕まるかしら?」

「捕まりゃしないさ。何も法に触れることはしてない」

と、栄田は言って、妹の肩を叩いた。「しかし、警察は、野口の動機を知りたがるだろうな。——会社の人間に顔を見られてるんだな?」

「ええ……。受付の女性に。名前も言ったわ」

「そのときだけか」

「ええ、それだけ」

「北崎が刺されたときは、みんなお前のことなんか目に入らなかったろう。——その受付の女性が憶えているかどうかだな」

「どうしたらいい?」

「そうだな……」

「私、いやよ! 取り調べられるのなんて。そりゃあ……北崎さんと一回だけ寝たけど、弾みみたいなもんだった」

その言い分は通るまい。——罪に問われるようなことではないにしろ、本当なら警察へ出向いて、事情を説明するべきだ。

しかし、これが表沙汰になって、母親の耳にでも入ったら……。

上京して来た妹を引き受けておきながら、こんなことをさせてしまった自分にも責任はある。

「分った」

栄田は恭子に微笑みかけて、「心配するな。このまま何も言って来ないかもしれない。受付の子が、事件のショックで、お前の名前を忘れてるかもしれないしな。たぶん、北崎って人のケータイに、お前の番号が残ってるだろう」

「そうね……」

「もし、警察が連絡して来たら、仕方ない。嘘をついたら、却って厄介なことになる。そのときは、こちらから出向きます、と言え。そして俺に電話しろ。ついて行ってやる」

「うん」

「俺はもう〈Kヒルズ〉へ行く時間だ。ここでじっとしてろ。いいな？」

「いやだ！　一人になりたくない！」

と、恭子は兄にすがりついた。「ねえ、連れてって！　いいでしょ？」

「だけど……仕事があるんだ」

「邪魔しないから。どこかでお茶飲んでるわ。ね？　構わないでしょ？　人の一杯いる所の方が……」

拒むことはできなかった。

徳山愛のことが頭をよぎったが、こんな妹を置いては行けない。

「分った。それじゃ行こう」

と、栄田は立ち上った。

「ありがとう！」

恭子は飛び立つように、兄の頬にキスした。

「馬鹿！　よせよ」

栄田は赤くなって、そんな自分に腹を立てた。

「待ってて」

と、恭子は急にいつもの妹に戻ったように、

「顔だけ洗ってくる！」

と、バスルームへ駆け込んで行った。

栄田は苦笑したが——。

それにしても、こうも身の回りに続く「人の死」。

これは普通ではない。

自分が直接係ったものも、そうでないものも含めて、こうも「死」が頻発するとは……。

栄田はそっと周囲を見回した。

どこか、すぐ近くに、あの「少女」が立っているような気がしたのである。

姿は見えないが、確かにどこか近くから、自分を見ている視線を感じた。

気のせいか？　——いや、次々に人が死んだことは、「気のせい」でも何でもない。

事実なのだ。

「どこにいる？」

と、栄田は言った。「どこに隠れてるんだ？　まだこの上、誰かが死ぬのを待っているのか……」

返事はなかった。

〈Kヒルズ〉に着くと、もう恭子はすっかり立ち直っていて、

「お腹が空いた！」

と言い出して栄田を呆れさせた。

「俺は仕事があるんだ。どこかで適当に食べろ」

「うん。じゃ、お金」

ちゃっかり手を出す。

呆れながらも、栄田は恭子が元気を取り戻してホッとしてもいた。お金を渡して、

「一人でアパートへ戻ってられるな？」

「しばらく、この辺でブラブラしてる。帰るときは電話するわ」

「分った」

栄田は、ほとんどスキップでもしそうな様子で、恭子が人ごみの中へ姿を消すと、ため息をついた。

兄妹の下っていうのは気楽だ……。

「——誰に見とれてるの？」

ポンと肩を叩かれ、びっくりした。

「いつからそこに？」

「気が付かないなんて！　冷たい人ね」

徳山愛は、少し伸び上ってキスすると、「すぐ仕事？」

「いや、少しは大丈夫」

と、栄田はたちまち恭子のことなど忘れてしまって言った。「簡単に夕飯にしよう」

――恭子と一緒になるのもいやだったが、

「あのテラスがいい」

と、愛に言われれば、喜んで従う栄田だった。

広場を見下ろす格好のテラスは人気があり、いつも一杯だが、

「ちゃんと予約しといたの」

と、愛は得意げだった。

「しっかりしてるね」

「東京って、何でも予約しなきゃいけない所ね」

と、愛は言った。「恋人も？」

「僕はもう君の〈予約済〉だな」

「そう。だから他の子に手を出しちゃいけないのよ」

二人は顔を見合せて笑った。

――食事していると、栄田のケータイに、市川美奈子からかかって来た。

「栄田さん？」

「やあ、忙しそうだね」

「今度〈Kヒルズ〉でロケするの。聞いてる？」

「うん。楽しみにしてるよ」

「今日、その打合せがあるでしょ。私も加えてもらったわ」

言われてやっと思い出したが、

「そう。君の希望も聞かせてもらおうと思ってたんだ」

と、言ってのけた。

「——言ったそばから」

と、愛がむくれている。「あの可愛いアイドルさんね？」

「うん。ここでロケがあるんだ」

「私も見張ってよ」

と、愛は腕組みをして、「——あら」

テラスから、下の広場を見下ろすと、

「香川さんだわ」

「え？」

「ほら、あの——コートをはおってる」

なるほど、愛の姉である友代の夫、香川浩市だ。

「友代さんは、ご主人、出張だと言ってなかったかい？」

「確かまだ戻らないって言ってたけど。予定が変ったのね、きっと」

栄田は、香川の姿を見送りながら、

「——友代さんは今夜どこにいる？」

と訊いた。

「さあ……。ご主人がいないからって、お友だちと出かけるとか……。詳しいことは聞いてないわ」

一日早い帰宅か。

もしかして、香川はあの平山医師と組んで、今夜何かしようとしているのかも……。

「友代さんのケータイへかけてみてくれないか」

と、栄田は言った。

「ケータイ、調子が悪いんですって。持って出てないと思うわ」

と、愛は言った。「どうかした？」

「いや……」

友代を死なせるわけにはいかない。

栄田は、何かうまい手はないかと、必死で考えをめぐらせた。

「おいしいワインね」

愛の無邪気な笑顔が、栄田の胸に迫った。

——君の姉さんを守ってみせる！

栄田は心に誓った。

16　交錯

「こんなお店があったのね」

と、井伏泰江は小さな店内を見回して言った。

「ああ」

香川はワインを飲みながら、「〈Kヒルズ〉の中の店は、ともかく人が多いし、うるさい。ちょっと外れただけで、ずいぶん違うだろ？」

「うん。静かね」

と、泰江は肯いた。「落ちついて、好きだわ」

泰江はテーブルに肘をついて、

「でも、珍しいわね。予定にないのに、急にこうして会ってくれるなんて」

実際、売れっ子の弁護士、香川は何週間も先の約束しか入れられないのだ。

「たまたま、一日早く帰れたんだ」

と、香川は言った。「先方が急にキャンセルしてきてな」

「でも、だからって帰って来てくれたのが嬉しいわ」

「突然で迷惑じゃなかったか?」

「まさか。ちゃんとこうして来たでしょ」

「ああ。いい子だ」

「やめてよ、子供扱いは」

と、泰江はちょっとふくれて見せた。「もう二十八よ」

「分ってるとも。――なあ、今夜は帰らなくてもいいだろう」

泰江は、香川の言葉に、ちょっと当惑した。

「だって……。あなたはどうするの?」

「〈Kヒルズ〉のマンションに帰る。一緒に来て、泊っていけよ」

「え?　奥さんは?」

「俺がいないんで、友だちと温泉に行ってる。二、三日は帰って来ない」

「――本当に?」

泰江は半信半疑の様子で、「泊ってもいいの?」

「ああ。俺の子を産むと言ってくれただろ。嬉しかったよ。ぜひ、うちに泊ってほしいんだ」

「じゃあ……喜んで」

泰江の頰が赤く染った。

「それでいい」

香川は、泰江の手に自分の手を重ねた。

泰江は涙が溢れそうになって、急いでハンカチで目を押えた。

「ごめんなさい……。あなたがあんまり優しいから」

「いつも、そんなにひどいことを言ってるか？」

「いいえ」

と、泰江は泣き笑いの顔になって、「だけど……奥さん、急に帰って来たりしない？」

「心配するな。大丈夫だよ」

香川は、笑顔を作ることに慣れている。商売柄である。

泰江には、それを見分ける力はなかった。

「じゃ、行くわ」

と、泰江は言った。

食事がすんで、デザートになると、泰江は化粧室に立った。

香川は上着の内ポケットからケータイを取り出し、平山医師へかけた。

「――ああ、予定通り進んでる」

と、香川は押し殺した声で言った。「そっちは大丈夫だな？」

「ご心配なく」

と、平山医師は言った。「万事、うまくいっています」

「よし。あと二十分もしたら、この店を出る」

「分りました」

平山の声が、いつになく緊張しているのに気付いた。——まあ、それが当然というものだろう。

香川はケータイをポケットへ戻した。

香川は落ちつき払っていた。少なくとも、自分ではそう確信していた。


まだ、こんなに人が……。

——夜、十一時近いというのに、〈Kヒルズ〉の周辺には人が溢れていた。

とても無理だわ。こんな人ごみの中で、あの女を見付けるなんて。

加藤恵美は〈Kヒルズ〉の、夜空に向って突き刺さるように高く伸び上った建物を見上げて、ため息をついた。

「大丈夫よ」

と、すぐそばで声がした。

恵美は驚かなかった。その少女が現われるような気がしていたのだ。

「でも……」

「私がついてるわ」

と、少女は言った。「手伝ってあげる。ちゃんと徳山愛を見付けられるわ」

「だけど……。もし見付けても、何もできないわ、こんなに人が多くちゃ」

「そう?」

少女は微笑んで、「ね、今すれ違って行った人、どんな人だった?」

「今?」

恵美は振り返ったが、もう大勢が四方から入り乱れるばかり。肩をすくめて、

「分らないわ。男だったか、女だったかもよく憶えてない」

「ね? そんなものよ。人の記憶なんて」

と、少女は言った。「自分の隣に誰が立ってたかなんて、誰も憶えちゃいないわ。しかも夜よ。この暗さで、服の色だってろくに分らないでしょ?」

恵美は周囲を見回した。

街灯の明りはあるが、人の顔が照らし出されるのは、ただ一瞬だ。

「本当だわ」

「ね? 暗い所を狙うの。大丈夫」

恵美は、やや気が重かった。

確かに、徳山愛が栄田を奪おうとしていることに腹を立てていたが、一方で女の誘惑に乗った栄田も悪い、という気がしていたのである。

「さあ、行きましょう」

と、少女は恵美を促した。

「どこへ?」

「〈Kヒルズ〉の中よ。あの女を捜しに」

「でも――。待って」

恵美の呼びかける声など無視して、少女はどんどん歩いて行く。恵美は、仕方なくその後を追った。

〈Kヒルズ〉の〈広場〉に出た。

もうレストランなども閉る時間で、そのせいか却って人が多い。こんな中で、徳山愛を見付けることなど、不可能だ。

「――見付けた」

と、少女が言った。

「え?」

冗談かと思った。しかし、少女は、

「今、エスカレーターを降りてく」

と、足を早めた。「ついて来て!」

「待って!」

恵美はあわてて人の間をすり抜けながら、少女を追いかけて行った。

エスカレーターは人で一杯。駆け下りるというわけにいかない。

やっと下へ着くと、どんどん先へ行ってしまう少女の姿を見失わないようにするのが精一杯だった。

外へ出ると、高層ビル周辺特有の強い風が吹きつけて来る。

「どこかへ行っちゃった？」

と、恵美は、立ち止っていた少女に訊いた。

「そこにいるよ、ちゃんと」

得意げに少女が指さす。——横断歩道で、信号が青になるのを待っている十人ほどの男女。

「あの、右から三番目」

と、少女は言った。

「確かに？」

「自分の目で確かめて」

と、少女が言ったとき、ちょうどその女が振り向いた。

そうだわ。確かに徳山愛だ。

「こんな時間に、どこへ行くのかしら」

「もしかして、別の彼氏の所かも」

少女の言葉は、恵美の内に燃え上っていた怒りに、再び火を点けた。——栄田は、あの女を純情な田舎娘だと思っている。

あのまま結婚したら、栄田は一生後悔することになるだろう。

そう。彼を救わなければ！

「あの横断歩道は短いし、車もあんまり通らないからだめ」

と、少女は言った。「でも、その先、もう一つ横断歩道を渡るわ。あの通りは車もトラックも飛ばして来る」

「ええ……」

「青だわ。行きましょう」

恵美は、徳山愛の背中から目を離さなかった。次の横断歩道は赤信号だった。

徳山愛が足を止め、信号の変るのを待つ。恵美は、そのすぐ背後に立った。

「そう。――簡単よ」

と、少女は言った。「車が手前の車線を走って来たとき、その前に彼女を突き飛ばせばいいのよ」

そう。簡単だわ。それで栄田は不幸な結婚をしないですむ。

そして、私も彼を失わないですむ。

「あれがいいわ」

と、少女が言った。「大きな観光バス。あれにひかれたら、絶対に助からない」

ゴーッと轟音をたてて、バスがやって来る。

修学旅行だろうか。明るい車内で、高校生らしい男の子が立って笑っているのが見えた。

「まだよ。まだ、待って」

少女の声が耳もとで聞こえた。そして、

「今よ!」

と、少女が言った。

恵美の両手が、目の前の背中へと伸びる。

そのとき——彼女がなぜか振り向いたのである。

恵美を見たのではなかった。何か忘れていたことを思い出した、というように、恵美のずっと向うを見たのだ。

だが、その顔は——徳山愛ではなかった。

全く別の、四十近くになっていようかという女性だった。

違う！　違う！

恵美は、体を前へ泳がせていた。前の女性の背中を押すまいと体をよじって、バランスを失った。

恵美の体は、前に立つ女性の脇をすり抜けるようにして、車道へと踏み出していた。

ほんの一メートル半か、二メートル、恵美は二、三歩踏み出して、踏み止まった。

しかし、次の瞬間、バスの重い車体は恵美を紙の人形のようになぎ倒していた。

急ブレーキの音。叫び声。

しかし、その叫び声は恵美のものではなかった。もう、恵美は声を上げられる状態ではなかった。

——少女が微笑んで、言った。

「一人、……」

ケータイが鳴った。

栄田は、恵美がかけて来たと知って、ちょっと出るのをためらった。

出ない口実はあった。

ちょうど、栄田はTVドラマのロケの件で、プロデューサー、ディレクターなど、TV局のスタッフ数人、それに市川美奈子と、打合せの最中だったのである。

だが、ちょうど話が一段落して、

「ちょっと一息ついてから、現場を見に行きましょう」

と、〈Kヒルズ〉の広報担当者が言ったところだった。

「ちょっと失礼します」

と、席を立って、栄田はケータイを手に廊下へ出た。

「もしもし。今、ちょっと仕事中なんだ。——え?　——どなた?」

女の声だが、恵美ではない。

「あの、このケータイを持ってる方、ご存知ですよね」

「ええ、友人です」

恵美が、どこかにケータイを置き忘れでもしたのか。

「発信記録に、そちらの番号があったので」

「そうですか」

「あの……このケータイをお持ちの女の方、亡くなりました」

栄田は、何を言われているか、分らなかった。

「ええと……失礼ですが、あなたは？」

「すぐそばに居合せたんです。バスにひかれて……。即死だったと思います。バッグが私の足下へ飛んで来まして、中からこのケータイが飛び出したんです」

「バスに……ひかれた」

「ええ」

「あの――場所は？」

「〈Kヒルズ〉のすぐ前です。今、救急車を呼んでますけど、たぶん、もう……」

「すぐ行きます。〈Kヒルズ〉の中にいるので」

「まあ」

「どっち側の信号ですか？」

「あの……高速の真下です」

「分りました。すぐに」

通話を切ってから、栄田はやっと話の内容を理解した。顔から血の気がひく。

「――栄田さんの案内で夜中の〈Kヒルズ〉を歩くなんてね」

いつの間にか、市川美奈子がそばに来ていた。

「すまないが、急な用が……」

「どうしたの？　真青よ」

「すまない。広報の人間と一緒に行っていてくれ。僕は途中で合流する」

「いいけど……。大丈夫？」

栄田はエレベーターの方へと大股に歩き出した。

――恵美が死んだ？　どういうことだ！

現場までが、ひどく遠く感じられた。

人だかりがしているかと思ったが、誰もがチラッと目をやって素通りして行く。

中年の女性が、ケータイを手に立っていた。

「お電話下さった方ですね」

と、声をかけると、

「ええ。――まあ、ここの方なんですの？」

と、制服姿を見て目を見開いた。

「ここの夜警です」

と言って、栄田は、横断歩道をふさいで停っている大型バスへ目をやった。

運転手が外へ出て、ケータイで話している。

バスの中から、高校生らしい男の子、女の子が、こわごわ顔を覗かせていた。

運転手が、栄田に気付くと、

「〈Kヒルズ〉の人？」

「そうです」

「こんなことになって……。困ってるんだよ」

人をひいたのだ。運転手も汗をかいている。

「当分は動かせませんよ」

と、栄田は言った。「生徒さんたちを別のバスに移した方がいいのでは？」

「ああ、そう……。そうだね」

運転手は肯いたが、気が動転しているのか、何も手につかないらしい。

それを見て、却って栄田は少し冷静になった。バスガイドが降りて来たのを手招きして、
同じことを話した。

「連絡します」

「それと——毛布は？」

「中にあります」

「あの——ひかれた女性にかけてやった方が」

「そうですね。気が付きませんでした」

バスガイドがバスの中へ戻って行くと、栄田はそっと足を進めた。

——恵美はもう生きていない。

大型バスにまともにひかれて、恵美の体は悲惨な状態だった。ただ、顔は無事で、目を見開いたまま死んでいる。

バスガイドが持って来た毛布を、そっと広げて死体にかけた。

救急車のサイレンが聞こえた。

さっきの女性がまだ歩道に立っていた。

「どうも……」

と、栄田は会釈して、「事故だったのですね」

「それが……」

と、女性が口ごもる。

「何か?」

「あの——よく分りませんけど、あの方は私のすぐ後ろに立っておられたようなんです。で、バスが走って来ると、私の脇から、パッと車道へ飛び出すように……」

栄田は愕然とした。

「では……自殺だったと?」

「はっきりは申し上げられませんけど、印象としては……」

恵美。——知っていたのか。

愛とのことを。

では、俺が殺したようなものだ。

恵美を死へ追いやった。

「ありがとうございました」

と、栄田は制帽を取って礼を言った。「パトカーも来るでしょう。今のお話をしてやって下さい。運転手の話だけでは……。ご迷惑でしょうが」

「いえ、急ぐわけではありませんから」

――救急車が来た。

もう、どんな名医も、彼女を助けることはできない。

栄田は、〈Kヒルズ〉の、高くそびえる建物を見上げた。

光の柱が、涙でにじんだ。


「この角度から撮れるといいね」

と、ディレクターが言った。「この場所はぜひ使おう。問題ないですね？」

「大丈夫です」

と、広報の担当者がメモを取る。

美奈子は、プロデューサーのそばで、その様子を眺めていたが、栄田がやって来るのを遠くから見付けて、そっとそこを離れた。

栄田の方へ駆け寄ると、

「どうしたの？　さっきの様子が普通じゃなかったから……」

と、声をかけた。

「放っておいてすまない」

「そんなことといいのよ。――どうしたの?」

「いや……。付合っていた女性がね、すぐそこでバスにひかれて死んだ」

「まあ……」

「ひどい状態だったが、即死だったろう。それだけが慰めだ」

「いいの、こんな所にいて? ――そばについていてあげたら?」

「いや、仕事がある。もちろん、これもそうだが、巡回はやらなくちゃ」

二人は、TV局のスタッフについて、〈Kヒルズ〉の中を巡って行った。

「あら……」

と、美奈子が足を止めて、「あれ、いつかの弁護士の奥さんじゃない?」

栄田は美奈子の視線の先を追った。

香川友代が、〈広場〉へ続く道を辿って行くところだった。

そうだ。――忘れていた。

彼女を守らねば。

愛のことを一時とはいえ忘れていたことがふしぎだった。

今、愛はどこにいるのだろう? 香川はマンションへ戻っているのか。

「――すまない」

と、栄田は美奈子へ言った。「あの奥さんに大事な用があるんだ」

「いいわ。じゃあ……」

「ついて行ってくれ。連絡するよ」

栄田は、友代に追いつこうと、駆け出していた。

友代は思いの他、足が速かったらしい。

栄田が追いかけて〈広場〉へやって来たとき、もうどこにも友代の姿はなかったのである。

「どこだ？」

栄田は息を弾ませた。

いや、どこといって——友代はあちこち飲み歩くような女ではない。

マンションへ帰ったのだろう。そして愛も……。

もし、香川が妻の友代を殺そうとしているのなら、正に今、マンションで待ち構えているかもしれない。

友代は、夫が帰って来ないと思い込んでいる。

真暗な中、友代が帰宅して明りを点けると——。

そのとき、ケータイが鳴って、びっくりした。

「もしもし」

「私よ。どうしたの。怖い声出して」

と、愛が言った。

「いや、ちょっと……」

今は、恵美のことを話してはいられない。

「君の姉さんを〈広場〉の辺りで見かけたが、見えなくなった。どこへ行くとか言ってたかい？」

「姉が？　いいえ。聞いてないけど」

「そうか……」

取り越し苦労でも、取り返しのつかないことになるよりはいい。

「どうかしたの？」

と、愛は訊いた。

「聞いてくれ。これは——偶然のことから知ったんだが、あの香川弁護士は君の姉さんを殺そうとしてる」

「ご主人が？」

「冗談でも何でもないんだ。信じてくれ」

「ええ……。でも、そんなこと……」

愛は面食らっている様子だ。当然のことだろう。

「香川は今日帰らないはずだった。それがなぜかこのKヒルズにいる。もしかしたら、今日がその日なのかも」

「もしそうなら……。でも姉のケータイ、つながらないし」

「君、今どこにいる？」

と、栄田は訊いた。

「ホテルよ。——行こうと思えば、すぐ姉の所へ行けるけど」

栄田は一瞬迷った。愛まで巻き込まれて、一緒に——。

「じゃ、すぐマンションの方へ行ってくれ」

と、栄田は言った。「だが、一人で中へ入っちゃいけない。いいね」

「ええ、分ったわ」

「僕も急いで行く」

栄田は〈広場〉を横切って、マンションの方へと向った。

夜警ではあるが、各住居の中へ勝手に立ち入ることは許されていない。

だが、栄田が香川の企みを「知っている」と分らせれば、少なくとも当面は香川も実行を思い止まるだろう。

それは解決にはならないが、ともかく友代の命を救うことはできる。

栄田は駆け出していた。


「本当にいいの?」

井伏泰江は、寝室のドアを開けて、香川の方を振り返った。

「ああ、ここは君のものさ」

と、香川は言った。「俺の子供の母親のものだ」

泰江は香川に抱きついて熱くキスを交わすと、

「抱いてくれる?　ここのベッドで」

「もちろんさ。——ちょっと喉が渇いた。何か飲もう」

「私、いらないわ」

「いいじゃないか。二人の夜に乾杯しよう」

「ええ、それじゃ……」

香川は、グラスを出して、シャンパンを注いだ。

「——ねえ」

と、泰江は言った。「私と——結婚してくれる?」

「ああ。しかし、友代とはもめごとにならないようにしたい。何かと厄介だからな」

さあ、とグラスを渡して、「俺を信じろよ」

「ええ、信じてるわ」

「弁護士は駆け引きが商売だ。うまくやるから心配するな」

「ええ」

「じゃ、乾杯」

「乾杯」

と、泰江はグラスを空けて、「あんまり酔っちゃったら、せっかくの夜なのに眠っちゃうわ」

「お風呂に浸《つか》っておいで」

「大丈夫?　髪の毛でも残って……」

「心配いらないよ」

香川は笑って、泰江の額に唇をつけた。

「じゃあ……ざっとシャワーを浴びるわ」

泰江は頰を染めて、「でも、すぐ出る」

「待ってるよ」

泰江はバスルームのドアを指して、

「あれね？　それじゃ」

と、早々と服を脱ぎながら、バスルームへと入って行った。

香川はニヤリと笑って、グラスを二つ手にすると、台所で水洗いして、水に浸けておいた。

そしてケータイを取り出し、平山医師へかけた。

「飲ませたぞ」

「少量ですから、検出されませんよ」

と、平山は言った。「お手伝いに行きますか」

「ああ、そうしてくれ」

と、香川は言った。

少し待って、香川はバスルームのドアを開け、中を覗いた。

やはり、お湯に浸りたくなったのだろう、泰江がバスタブに張った湯に顎《あご》まで浸っていた。

「気持いいか」

と、香川は入って行って声をかけたが……。

泰江は、湯に浸ったまま眠っていた。

「——思いの他、効いたようだな」

と、香川は呟いた。


「出ない？　どうしてだ？」

栄田はマンションの受付の女性に言った。

「呼んでるんですけど……。線が切れてるみたいです」

と、受付の子が首をかしげる。

栄田は、不安げな愛の方を見て、

「行ってみよう」

と言った。

「ええ」

二人は急いでエレベーターへと向った。

「一一〇番する？」

と、愛が訊いた。

「いや、今の状況では……」

エレベーターの扉が開いて、二人は乗り込んだ。

「——お姉さんがご無事だといいが」

と、栄田が言ったとき、上り始めていたエレベーターが突然停った。「——どうしたんだ?」

箱の中の明りが消えて、二人は闇に包まれていた。


「——眠ってますか」

平山がバスタブの中の泰江を覗いて言った。

「ぐっすりな。よく効いた」

「あまり薬を服んでないんでしょう、いつも」

「やるか」

「いいですか?」

「ああ、自業自得だ」

「弁護士の言葉とは思えませんね」

と、平山は笑った。

香川が、バスタブの方へ身をかがめると、腕をまくり、手を泰江の頭へ当てて、

「おい、暴れるといかん。手伝ってくれ」

「はい」

平山が上着を脱ぐ。

平山が両手を泰江の肩にかけ、肯いて見せた。

香川は至って平静そのものの様子で、泰江の頭を手で押し下げて、お湯の中へと沈めていった。

泡が弾ける。――少しして、泰江はもがき始めた。

「しっかり押えろ！」

と、香川は怒鳴った。

お湯を大量に飲んでいた泰江の抵抗は短かった。

体が細かくけいれんを起し、やがてぐったりとなった。

「大丈夫です。――死にました」

と、平山が言った。

「確かか？」

平山は泰江の手を取り上げて、脈を診た。

「――死んでいます」

と肯く。

「よし。まずは順調だな」

それほど力を入れたわけではないが、二人とも汗をかいていた。

「出よう」

と、香川が促す。

二人がバスルームを出る。

あの少女が、バスタブのそばに立っていたことは、二人とも気付きもしなかった。

少女は、お湯の中に沈んだ泰江を見下ろして、

「二人」

と言った。

香川と平山は居間へ戻ると、息をついた。

「意外と簡単なもんだったな」

と、香川は言った。

しかし、それはかなり無理をした言い方だった。

香川は自分が震えていること――汗が背中を伝い落ちて行くことに気付いていた。

馬鹿め！　落ちつけ！　だらしがないぞ。

自分へそう言い聞かせても、震えは止らない。

「いや、ご立派ですね」

と、平山が言った。「さすがに平然としてらっしゃる。僕なんか、震えが止りませんよ」

そう言われて、香川は少し立ち直った。

「まあ、年齢《とし》のせいだな」

と、笑顔を作って、「何か飲むか」

「いただきます」

と、平山は肯いて、「すみません、手が震えて、グラスを落としそうです」

「俺がやる」

正直、香川も自信はなかったが、ともかくやるしかなかった。平山に、自分の動揺を気付かれたくない。

「待って下さい」

と、平山が言った。「やはり僕がやります。それで落ちつくかもしれない」

「そうか？　じゃ、頼むよ」

ホームバーのカウンターの中へ入って、平山はグラスを出した。

「ロックでいいですか」

「うん」

香川はソファに座った。

内心、ホッとしていた。——平山に、膝が震えているのを気付かれるのではないかと心配だったのである。

井伏泰江を殺したことに、後悔はなかった。迷ったわけでもない。

むしろ、想像していたより簡単だったと言ってもいいだろう。

それでも——香川は震えが止らず、汗をかき続けていた。

殺人とは、計画したり想像したりするのと、実行するのとは全く別なのだ。頭で納得し、気持の上でも分っているのに、体はまだ反応している。

こんなものなのか。

「——何とかこぼしませんでした」

平山は、グラスを両手に持ってやって来ると、一つを香川に渡した。

「まだ先がある」

「ええ。そうですね」

平山は肯いた。「友代さんは……」

「そろそろ帰って来るだろう」

香川はグラスを一気に空にした。「——旨い！」

「大丈夫ですよ。奥さんが井伏泰江を呼び出して殺し、その後、自分の犯した罪の重さに耐え切れず自殺。——誰でも納得します」

「遺書はいらんかな」

「発作的に思い立っての自殺なら、却ってない方が自然です」

「そうだな……」

「何なら……。友代さんはケータイでメールのやりとりをしますか」

「たまにはな」

「じゃ、ケータイにそういうメールを残しておきましょう。香川さん宛てにして、自分のしたことを詫びる、という内容で。短い方が自然ですし、メールなら筆跡も何もない」

「なるほど。いい考えだ」

「香川さんのアリバイは僕が証言しますから問題ないです。心配いりませんよ」

「うん、そうだな……」

香川は深く息をついて、「少し安心したせいか、眠くなって来た……」


「栄田さん！　どこ？」

愛は真暗になったエレベーターの中で手探りしているようだった。

「大丈夫！　僕はそばにいる」

「どこなの？　手を握って！」

エレベーターの箱の、狭苦しい空間が、とんでもなく広く感じられる。

「どうなってるんだ！　非常灯も点かないなんて」

「怖いわ、栄田さん！」

「大丈夫だ。じっとして！　動くと却って分らなくなる。――僕の方が捜すから。いいね？」

「ええ……」

愛は黙った。

栄田はゆっくりと両手を広げて、ちょうどスローモーションで平泳ぎをしているかのように、愛のことを捜して行った。

落ちついて捜せば、エレベーターの中など、広いものじゃないのだ。

こっちか？——あっちかな？

と、栄田の手を、冷たい手がつかんだ。

「ほら、手をつかんだよ。もう大丈夫……」

と言いかけて、「——この手は？」

愛の手にしては冷た過ぎ、いやに小さい。

この手の感触には憶えがある。

「君なのか！」

と、栄田は言った。

すると、闇の中にあの少女の姿だけが白く浮び上った。

「私と手をつなぐんじゃ、ご不満？」

と、少女は微笑を浮べて言った。

「君は……」

「ご心配なく。彼女は眠ってるわ」

「何しに現われたんだ！　もう充分だろう」

と、栄田は声を震わせた。

「恵美さんのこと？　私に怒らないでよ。あなたのせいで、彼女は自殺したのよ。私が悪いんじゃないわ」

そう言われると、栄田も言い返せない。

「あなたが、新しい恋のことをちゃんと話さなかったからいけないの」

「分ってる。放っといてくれ!」

と、栄田は声を荒らげた。

「良心が咎めるの? 怖いわね」

「君は——」

「一緒に来る?」

「どこへだ?」

「香川浩市のマンション。もちろんよ」

「だが、愛を置いて……」

「分ってるでしょ。彼女はここで静かに眠ってて、何も憶えてないわ」

栄田は少し迷ったが、このエレベーターから、すぐに脱け出すことはできそうもない。

「——分った。行こう」

「ついて来て」

少女が栄田の手を引いた。

エレベーターから、闇の空間へと踏み出す。

そして——栄田は香川のマンションのバスルームに立っていた。

「これは……」

浴槽に女が裸で沈んでいた。

もう死んでいる。

「香川の『彼女』」

「何だって？」

「もう飽きてたの。それで、こうして……」

「殺した？　じゃ……」

栄田は、玄関のチャイムが鳴るのを聞いた。

「玄関のドアのチャイムだな、これ」

と、振り向いて、「友代さんか！」

「たぶんね」

と、少女は肯いた。

「そうか……。香川は友代さんがやったと見せる気だな？　そして友代さんを自殺に見せかけて殺す。——止めなきゃ！」

今の自分には止められない、と分っていても、じっとしていることはできなかった。

栄田はバスルームを飛び出して、玄関へと駆けて行った。

しかし——。

栄田は足を止めた。

玄関のドアを開けようとしているのは、香川ではなかった。

ドアを開けると、平山医師は黙って肯いて見せた。

友代が入って来る。

そして友代は無言で居間へと入って行った。

栄田は、居間の中を覗いて、ソファで眠り込んでいる様子の香川を見た。

友代は夫の前に立つと、平山の方を振り向いた。そして言った。

「すんだの?」

栄田の聞いたことのない声だった。

平山が小さく肯いて、

「すんだよ」

と言った。

「あの女は?」

「バスルームで死んでる」

友代はためらいも見せず、寝室の奥のバスルームまで行って、すぐに戻って来た。

「暴れた?」

「いや、そうでもない」

「じゃあ、主人は――」

「終った後は青くなって、ガタガタ震えていたよ。僕の作ったオン・ザ・ロックを一気に飲み干した」

「味も分らなかった? 気の弱い人なのよね。いくら人前で強がって見せても」

友代は身動きしない夫を見下ろして、「――眠ってるみたいね」

「脈を診てごらん」

友代は言われた通りに、香川の手首を取って、しばらく何度も指を当てて診ていた。

「――死んだのね」

「恋人を殺して、服毒自殺。――筋書はできてる」

「あなたが疑われることはない？　薬を提供したことで」

「心臓の持病があった、と言えば大丈夫。下手に薬を渡したことを隠さない方がいい。大量に服むと危険、と本人にも通告してある。看護師が聞いてるよ」

「遺書は？」

「さっき、いいアイデアを思い付いた。彼のケータイで、君宛てに〈すまない〉という謝罪のメールを入れておく」

「メールね」

「とっさのことだ。手紙を書くより自然だよ」

「あなたが打つ？」

「もう打っておいた。君のケータイに入っているよ」

と、平山は言った。「ちゃんと、香川さんの指紋を残しておいた」

「じゃあ……もう安心ね」

「うん」

平山は両手を広げて、「キスしてくれないの?」

友代は平山の腕の中へ身を委《ゆだ》ね、熱いキスを交わした……。

「こんな……。こんなことが……」

栄田は愕然として、抱き合う二人を眺めていた。

「そう驚くことないわよ」

と、少女は言った。「夫と妻と。どっちもお互いを殺したがってたんだよ」

「知ってたのか。――そうなんだな」

「止めるのは私の役目じゃないもの」

栄田は、見たこともない友代のギラギラした眼差しにゾッとした。

「今は辛抱だ」

と、平山は言った。「しばらく、君は『悲劇のヒロイン』になっていなきゃ」

「ええ」

「充分用心して。――僕は行くよ。君は帰宅して、夫と女の死体を見付ける」

「一一〇番するわ」

「待てよ。むしろ、ここのフロントに連絡する方が自然でいいかもしれない」

「そうね。――どうかしら、あの夜警に知らせるの」

栄田はギクリとした。

「君の妹に夢中だと言ってたね」

「ええ。知らせるのは自然でしょ。後はすべてやってくれる」

「そうだね。フロントに連絡して、彼を呼んでもらうのは？」

「ああ、それがいいわ。――じゃ、行って」

「うん」

二人はもう一度キスを交わして、平山は玄関の方へ行きかけた。

「グラスは洗った？　あなたの分」

「棚に戻してある」

「さすがね」

と、友代は微笑んだ。

平山が行ってしまうと、友代はインターホンへと歩み寄って、下の受付を呼んだ。

「もしもし。――あの――香川です！　今帰ったら……主人の様子が変なの！　――ええ、すぐに来て！　お願い！」

名演技だった。

栄田はよろけて、

「もう戻りたい。――見ていたくない」

と言った。

少女はソファの香川を見て、

「三人」

と、小さく呟いた。

「あ、明りが――」

と、愛は言った。

エレベーターの明りが点いて、動き始めていた。

栄田は息をついた。

「怖かったわ！」

愛が栄田の腕を取って、もたれかかってくる。

――香川の部屋のドアが開くと、

「まあ、愛ちゃん。――栄田さん！　良かったわ」

と、友代は言った。「今、受付の人が来てくれてるの。あなたを呼んでもらおうと思ってたところ」

「お姉さん、何があったの？」

「それが……。恐ろしいことなの」

――恐ろしい？

栄田は言葉もなく、立ちすくんでいた。

受付の女性が一一〇番しているのが聞こえている。

愛……。愛と結婚したら、友代は義姉になる。

夫を殺し、その愛人を殺した義姉……。

その事実を分っていて、何ごともなかったように接していられるだろうか？

「――どうしたの？」

と、愛がふしぎそうに栄田を見る。

ケータイが鳴って、栄田はホッとした。

「――はい、栄田。――え？　――何だって？」

栄田の顔から血の気がひいた。


「――窓拭き用のゴンドラが、突然落下したんだ」

と、管理の人間が言った。「たまたま運悪く、真下を歩いていて……」

倒れているのは――妹の恭子だった。

額が割れて、血が流れている。

どうしてだ……。どうしてだ！

「あなた次第よ」

と、声がした。

あの少女が立っている。

「――どういう意味だ？」

「十分間は時間を戻してあげられる。まだ間に合うわ」

「恭子を助けられるのか」

「その代り――」

「その代り?」

「愛さんと結婚して、友代さんのしたことは忘れるのね」

栄田は愕然とした。

「そのために恭子を?」

「どう取ってもいいけど、ともかく妹さんを救いたかったら、あと三分の間に決めて」

「分った。――分ったよ」

「それとも一つ」

「何だ?」

「ここの夜警を辞めないこと」

栄田はハッとした。――正に、辞めたいと思っていたからだ。

「それは……」

「分るでしょ? あなたは私にとって、凄くありがたいパートナーなの」

と、少女は微笑んだ。「あなたと知り合ってから、私、凄く成績がいいのよ」

「つまり……人が大勢死んだからか」

「そうよ。私は〈死神〉だから」

栄田は拳を固めて震わせた。

「僕を騙したな！」

「〈死神〉の言うことなんか、信じちゃだめよ」

と、少女は笑った。

「――恭子を助けてくれ」

「ええ」

と、少女は肯いた。

恭子の死体が消え、ゴンドラも失くなっていた。

「ゴンドラは時間通り落ちて来るわ。妹さんを止めて」

「どこだ！」

「さあ。自分で捜して」

と、少女は言って消えた。

「恭子。――恭子！」

ケータイで恭子を呼びながら、栄田は歩き出した。

――俺はこうして、あの少女の思うがままに、人を死へ導く役をさせられるのか？

「お兄ちゃん」

目の前に恭子がいた。

「恭子。良かった！」

栄田は妹を抱きしめた。

「どうしたの？　――変よ、お兄ちゃん」

と、恭子が笑う。

そのとき凄い音がして、ゴンドラが地上に落下した。

悲鳴が上る。

「下敷になってる！　誰か来て！」

という叫び声。

そうか。恭子を救ったので、代りの誰かが死んだのだ。

「危うく私が死ぬところね」

と、恭子が目を丸くしている。

「大丈夫だ」

と、栄田は言った。「――大丈夫だよ」

あの少女に協力している限り、死なずにすむだろう。

いや、あてにはならない。〈死神〉の約束など……。

栄田は冷たく光るビルを見上げた。

何万人もが出入りする中で、人が一人二人死んでも、誰が気にするだろう。

「待ってろ」

栄田は恭子にそう言うと、落ちたゴンドラへと急いで駆けて行った。

本書は、二〇一〇年八月に小社より
刊行された同名作品の新装版です。

双葉文庫

あ-04-52

夜警《やけい》〈新装版〉

2020年7月19日　第1刷発行

【著者】
赤川次郎《あかがわじろう》

【発行者】
箕浦克史
【発行所】
株式会社双葉社
〒162-8540 東京都新宿区東五軒町3番28号
［電話］03-5261-4818(営業)　03-5261-4831(編集)
www.futabasha.co.jp（双葉社の書籍・コミックが買えます）
【印刷所】
大日本印刷株式会社
【製本所】
大日本印刷株式会社
【カバー印刷】
株式会社久栄社
【DTP】
株式会社ビーワークス

【フォーマット・デザイン】
日下潤一

ISBN978-4-575-52376-8 C0193
Printed in Japan